btb

SPIEGEL-Bestseller-Autor André Heller erzählt ganz besondere, tiefgründige und schillernde Geschichten: Eine Weltmeisterschaft im Händefalten, Shlomo Herzmanskys wundersames Überleben dank Himmler und ein wildes nächtliches Durcheinander von Lipizzanern mitten in Wien. Alles ist möglich, selbst die Abschaffung des Todes kann einen nicht wirklich erstaunen, wenn man in diese außergewöhnliche Erzählwelt eintaucht. André Heller verschränkt Anekdotisches mit Autobiografischem, schafft Bilder und Porträts seiner Welt, die die Vergangenheit in die Gegenwart holt und die Ferne in die Nähe.

André Heller wurde 1947 in Wien geboren. Er lebt abwechselnd in Wien, Marrakesch und auf Reisen. Der Erzählungsband »Zum Weinen schön, zum Lachen bitter« ist sein drittes Buch. Zuvor erschienen »Das Buch vom Süden« sowie »Uhren gibt es nicht mehr«.

André Heller

ZUM WEINEN SCHÖN, ZUM LACHEN BITTER

Erzählungen aus vielen Jahren

Mit einem Nachwort von Franz Schuh

btb

FSC
www.fsc.org
MIX
Papier aus verantwortungsvollen Quellen
FSC® C014496

Penguin Random House Verlagsgruppe FSC® N001967

1. Auflage
Genehmigte Taschenbuchausgabe November 2021
btb Verlag in der Penguin Random House Verlagsgruppe GmbH,
Neumarkter Str. 28, 81673 München
Lizenzausgabe mit Genehmigung des Paul Zsolnay Verlages Wien

Covergestaltung: semper smile, München
nach einem Entwurf von Fuhrer Visuelle Gestaltung, Wien,
unter Verwendung eines Motivs von © André Heller
Druck und Einband: GGP Media GmbH, Pößneck
mb · Herstellung: sc
Printed in Germany
ISBN 978-3-442-77106-6

www.btb-verlag.de
www.facebook.com/btbverlag

ZUM WEINEN SCHÖN, ZUM LACHEN BITTER

GEDÄCHTNISPASSAGIERE 3

Unsere Milchfrau hieß Begovich und trug einen weißen Haarschopf, als hätte sie sich in einem unachtsamen Augenblick eine Portion Schlagobers auf den Kopf gepatzt. Ich durfte bei ihr aufschreiben lassen. Alle meine Freunde holten sich täglich ein bis zwei Topfengolatschen oder Schnittlauchbrote, und einmal im Monat bezahlte Mutter die so genannte »Gfraster-Rechnung«. Die Schwester der Milchfrau litt an Elefantiasis und konnte auf ihrer rechten Hand dreiundzwanzig Nußkipfel servieren. Sie wirkte nie unappetitlich, eher wie eine lebende Auslage, und hatte ein sehr hübsches Gesicht. (Der erste erotische Traum, an den ich mich erinnern kann, handelte zwischen ihr und mir, und die gewaltige Hand spendete dabei Schatten wie ein Kondor, der regungslos über seinem Opfer schwebt.) »Du bist a tramhaperter Bua«, spottete die Begovich, »du wirst no amoi a mitn Voglkäfig um d Mili gehen.«

Das Verkaufslokal glich im Grundriss einem gleichschenkeligen Dreieck und befand sich Ecke Windhagergasse/Leitnerstraße. Die Wände waren mit Tiermustern tapeziert. Eigentlich war der Raum ein Kinderzimmer bzw. ein wirklichkeitsgetreuer Kaufmannsladen in einem Kinderzimmer. Die meisten Kunden kannten einander seit langem und legten Wert auf die Schokoladenmünze, welche jedem Einkauf gratis beigelegt wurde. »Das ist die einzige stabile Währung in Europa«, hieß es. Aber die Schwestern Begovich träumten von anderen Kontinenten. Sie sparten für eine Reise zum Kilimandscharo und lernten bei einem greisen ehemaligen Missionar mit bewunderungswürdigem Fleiß Kisuaheli, »damit die Wüden uns net für Wüde halten, und damits merken, dass a Weaner a a Hirn hat«. Sonntags spazierten die beiden in Spitzenkleidern wie brüchige Engel durch die Alleen und fütterten Tauben mit Semmelbröseln. Wenn der Sommer kam, meinten sie: »Jetzt wirds Afrika!« Und man sah sie mit dem Missionar im Hügelpark Vokabeln lernen oder bauernschnapsen, wobei die Elefantiasiskranke mitunter »zuadraht is« schrie und mit der Rechten den Talon verdeckte.

(1969)

ÜBER DIE REISEGESCHWINDIGKEIT

Der kleinste Ort hat seinen schlechten Kerl, den sie im Grunde alle beneiden, weil sein Leben jenseits des Vorhersehbaren, jenseits des geduldig Ertragenen, jenseits der Spielregeln verläuft. Er dient als Abschreckung vor den Nachtseiten und Abgründen des menschlichen Seins. Und doch bereitet, schon über ihn zu lästern, eine süße Ahnung jener Achterbahnkitzel, denen die Bewohner der Tagseite und freundlichen Ebenen so ganz entsagen müssen.

Freilich gibt es auch unter den schlechten Kerln Kreaturen, die zu träge und mutlos sind, sich aus eigener Kraft zu gestalten, und die als Schmarotzer oder Trabanten stärkerer Persönlichkeiten ihr blasses Auskommen finden. Der wahre schlechte Kerl allerdings ist ein Juwel, das seinen Schliff ganz und gar selbst bestimmt. Sein Funkeln dringt bis tief in die Träume seiner Opfer und Richter, und er beschäftigt eine Armee von Feinden, die ihm unausgesetzt nachstellt. Wie ein König Pfründe und Titel verleiht, so bringt er Ruhelosigkeit und Tränen, Schmach und Staunen unter die Leute. Den Guten gibt er das Bewusstsein ihres Gutseins. Ohne seine Taten hätte das Wort Sünde geringe Bedeutung. Daher beten die klügeren Bischöfe, dass jeder schlechte Kerl die sieben Leben der Katze haben möge.

Den Marcel Kreissel konnte man für die Erfüllung solch

eines Gebetes halten. Aus jeder Schurkerei schien er gestärkt hervorzugehen und unwiderstehlicher. Die Wände der Dreizimmerwohnung, die Kreissel gegenüber der Universität am Wiener Ring bewohnte, waren im Laufe der Jahre Zeugen von mehr Versprechen gewesen, als ein Dutzend Menschen hätte jemals halten können. Oft betrachtete Kreissel vom Fenster herab die Studenten und Studentinnen, die aus dem steinernen Bienenkorb der Alma Mater in alle Richtungen schwärmten, und jedes Mal empfand er eine Art aufrichtigen Mitleids mit ihnen. So nutzlos erschien ihm ihr Fleiß und ihre Wissbegier, und so fahrlässig unvorbereitet auf die wirklichen Gefahren des Erwachsenseins entließ man sie in die Wildnis der Welt.

Manchmal hätte er ihnen zurufen wollen: »Schreibt euch in meine Schule ein. Ich werde euch den Blick schärfen für Nutz und Unnütz. Ich zeige euch Kopfbewegungen oder Arten, Briefe zu schreiben, die tausendmal mehr bewirken können als das Studium des bürgerlichen Gesetzbuches. Von denen, die Macht über die Mächtigen haben, will ich euch erzählen: von den Mätressen und Freudenknaben, den Erpressern und Beichtvätern. Vergesst die Portale und Feststiegen, die arabeskengeschmückten Haupteingänge und roten Läufer. Alles, was zählt, ist die Kenntnis der Hintertüren und die geflüsterten Losungsworte, die aus selbstgefälligen oder würdevollen Herrschaften Wachs machen in den Händen von meinesgleichen.«

Aber dann dachte Marcel Kreissel, dass es besser war, zu schweigen und die jungen Leute nichts von alledem wissen zu lassen, da es nie genug Opfer geben konnte: wehrhafte und fügsame, kapitale und marginale, Übungsopfer und solche für Meisterstücke. Im Grunde betrachtete er jeden und jede mit den Augen des vollkommenen Jägers, der sein Wild nach Gefährlichkeit, Schnelligkeit und Kraft einschätzt, um es dann so schmerzlos wie möglich zu erlegen.

Das Universum bestand für Marcel Kreissel ausschließlich aus Opfern, früheren Opfern, künftigen Opfern und Komplizen. Es gab darin auch die Richter und Staatsanwälte, Polizisten, Privatdetektive, Advokaten und Spitzel, aber sie waren Komplizen im höheren Sinne, denen er in besonderer Dankbarkeit verbunden war. Denn obwohl er sie fürchtete, schärften sie durch ihre bloße Existenz seinen Verstand und seine Wachsamkeit und ließen ihn zu einem einzigartigen Präzisionsinstrument der Niedertracht werden.

Als Falschspieler in den besten Kaffeehäusern des ersten und dritten Wiener Bezirkes hatte er seine Lehrjahre während der alliierten Besatzungszeit zwischen 1945 und 1955 begonnen. Damals, als jede Geschicklichkeit ein Kilo Kaffee einbringen konnte oder eine Stange Chesterfieldzigaretten und Kaffee und Zigaretten Leitern in den Himmel waren.

Ein wenig später wurde ihm die Leichtgläubigkeit sehnsüchtiger Frauen bewusst. Und die Tatsache, dass man in Herzensangelegenheiten nur ein einziges Gegenüber irreführen musste, anstatt zwei bis drei wie bei den Pokerspielen, die man überdies nur im Sitzen ausüben konnte, obwohl ihm grundsätzlich im Liegen die besseren Ideen kamen.

Wann immer er anfänglich einer Frau Geld oder andere Vergünstigungen entlockt hatte, erwartete er einen Blitzschlag, einen Stolperer, der ihm die Hand brach, oder sonst wie ein Strafgericht Gottes. Aber nie geschah etwas, und er gelangte zu der Auffassung, dass es Gott entweder nicht gab oder ihm die Gaunereien gegenüber Mädchen und Frauen gleichgültig waren. Marcel Kreissel dachte manchmal sogar, Gott selbst habe sein ganzes unfassbares Universum mit all seinem Überfluss durch geniale Heiratsschwindeleien ergaunert.

So sah er bald in allem Weiblichen eine Einladung, eine unwiderstehliche Gelegenheit. Das Folgenschwerste an seiner neuen Erkenntnis aber war der völlige Verlust von Skrupeln. Ja, sie verkehrten sich geradezu in ihr Gegenteil, denn er empfand jedes Mal eine tiefe Genugtuung, wenn er ein weibliches Wesen auf dem dünnen Eis seiner Vorspiegelungen tanzen ließ, um sie dort haltlos stehen zu lassen, wenn ihre Nützlichkeit als Opfer verbraucht war.

Marcel Kreissel war eigentlich kein schöner Mann, aber in den Stunden seiner Höchstform, wenn er ganz der Erregung über die Hohe Schule des Gaunertums gehörte, bekam sein Gesicht etwas regelrecht Prachtvolles, und man hätte von einem Antlitz sprechen können.

Das Fräulein Aurelia Donatelli jedenfalls hatte von allem Anfang an nicht die geringste Chance gegen dieses Übermaß an Wirkung, das sich als schlechter Kerl in Gestalt von Marcel Kreissel auf ihre umfassend unerfahrene Person stürzte. Sie war aus reichem katholischem Veroneser Hause und von jener Ausgewaschenheit des Wesens, die manchen sogar ihre beträchtliche Hübschheit übersehen lassen konnte. In Wien hielt sie sich auf, um die deutsche Sprache, die man in diesem Fall wohl die österreichische nennen muss, zu studieren. Ihre Familie hatte Großes und durchaus nicht nur auf Verehelichung Gerichtetes mit ihr vor. Das Fliesen- und Sanitäranlagen-Imperium der Donatellis erstreckte sich über ganz Norditalien, und das einzige Kind sollte nach Erlangung des akademischen Grades mehrere Zweigstellen zur selbstständigen Führung erhalten.

Marcel Kreissel hatte sich Aurelia bei einer Veranstaltung der Stiftung Pro Oriente genähert. (Es waren diese kirchlichen und halbkirchlichen Organisationen, die ein unübertreffliches Revier für seine Beutezüge darstellten, weil die Wachsamkeit der Menschen im Schatten Roms weit unter gewöhnliche Fahrlässigkeit hinabsank. Nur die allerwenigsten besitzen nämlich die Fantasie, den Teufel gerade im Hause seines Erfinders und zugleich größten Widersachers zu erwarten.)

Ein Luftwesen sei er, sagte Marcel Kreissel. Ein alles und jedes aus der Vogelperspektive betrachtendes. Er arbeite zur Zeit an einer Geografie der menschlichen Scheitel, Haarwirbel und Haarschnitte, die dem Fachkundigen die Deutung des wahren Charakters jedweden Frisurenträgers ermöglichten.

Aurelia hörte gar nicht wirklich, was er sagte, sie war zu sehr damit beschäftigt, darüber zu staunen, wie er es sagte. Als gebe es zwischen ihnen ein unbezweifelbares Einverständnis, dem viele klärende Gespräche vorangegangen waren und das sich nun als süße nahrhafte Frucht zu ihrer Verfügung hielt. Und augenblicklich war sie bereit, von dieser Frucht zu essen. Das erste Mal in ihrem Leben begegnete sie nämlich von Angesicht zu Angesicht jemandem, der ein

Bürger jenes geheimnisvollen Territoriums war, das sie jenseits der Eltern, jenseits der Verwandten, Freunde und Bekannten, jenseits der Ratschläge ihrer Lehrer und Erzieher seit längerem geahnt und erhofft hatte. Ihre Verstörung über Ton und Benehmen des Mannes, der sich als Marcel Kreissel vorgestellt hatte, schüchterte sie nicht ein, ganz im Gegenteil, sie diente ihr als Bestätigung, dass die gewohnten seichten Gewässer hinter ihr lagen und die Tiefen namenloser Abenteuer erreicht waren. Endlich, dachte sie. Denn so viel verstand sie von der Schifffahrt, dass im Seichten keine großen, schnellen und stolzen Dampfer fahren konnten, und sie fühlte sich nicht fürs Ruderboot geboren.

Marcel Kreissel war ein guter Liebhaber. Das gehört zur Grundausstattung des schlechten Kerls und lässt die Opfer sich zuletzt nicht gar so betrogen vorkommen, weil doch Millionen Menschen freiwillig viel dafür gäben, einige Male unverlogen lustvoll jauchzen zu können.

Aurelia jauchzte sieben Monate lang. Von Mitte Februar bis Mitte September. Dann lernte sie den Oskar Samek kennen und jauchzte mit dem.

Das schreibt sich leicht, aber für den Marcel Kreissel war es unendlich von allem entfernt, was er fassen konnte. Er hatte nämlich noch nicht einmal begonnen, richtig böse Absichten zu haben. Aurelia war während all der Zeit eine so begnadete Zuhörerin gewesen, dass ihn weit mehr als jedes Bubenstück die Erfindung immer neuer Geschichten faszinierte. Sie konnte sich anscheinend nicht satthören an seinen Erzählungen, und er konnte sich nicht sattschauen an ihren Augen. Und wenn sie miteinander schliefen, war ihm, als stiege er hinab zum Grund ihres Staunens, der ganz erfüllt war von dem Satz: Marcel Kreissel ist wunderbar.

Er hatte sich zwar schon Jahrzehnte an seine Wirkung auf Frauen gewöhnt, denn diese war die Basis seiner Geschäfte. Aber durch Aurelia hatte ihn erstmals ein Echo dieser Wirkung erreicht, das ihn selbst betörte.

Im innigen Anschauen ihres innigen Schauens erfuhr er, ohne dass er sich dessen bewusst wurde, eine Läuterung und verlor so zuletzt das Um und Auf des idealen schlechten Kerls: das kalte Blut. Es war eine Katastrophe, und das Erscheinen Oskar Sameks offenbarte sie aller Welt und Halbwelt.

Was bringt einen Menschen dazu, sich brüsk von jemandem abzuwenden, der ihm nicht nur nichts getan hat, sondern ihm bislang als Heiligstes und Weltenmittelpunkt galt? Die lachhaftesten und die erhabensten Gründe sind es, müsste man antworten. In unserem Fall war es ganz einfach Aurelias Entdeckung dessen, was Marcel Kreissel auch an ihr entdeckt hatte: die kolossale Wirkung, die andere von sich selbst durch ihre Wirkung auf sie empfanden. Sie begriff, dass sie einen Schatz besaß, und nun wollte sie ihn auch unter die Leute bringen. Mit Nymphomanie hatte dies nichts zu tun. Schon deswegen nicht, weil Aurelia ja erst beim Oskar Samek angelangt war und noch gar nicht wusste, dass sie den eines Tages bloß als Auftakt erinnern würde.

Der Marcel Kreissel aber war nicht fähig, sich mit der Einsicht zu bescheiden, dass er in einer jungen Italienerin schlafende Löwen geweckt hatte. Er beharrte auf dem Unerfüllbaren: Alles sollte sein, wie es war, ehe es anders wurde. Um die Erfüllung dieses Wunsches betete er sogar zu Gott, von dem er, wie wir wissen, glaubte, dass es ihn entweder nicht gab, oder dem, falls es ihn doch gab, die Schicksale betrogener Mädchen und Frauen gleichgültig waren. Doch Gott schienen auch die Schicksale geläuterter schlechter Kerln gleichgültig zu sein.

Und Marcel Kreissel lernte die peinigende Benommenheit des eifersüchtigen Verlassenen kennen. Wie man mit einem einzigen Daumen den Augen die riesige Sonne verdecken kann, so verdeckte ihm die Eifersucht die ganze Welt. Nichts blieb ihm als ein unaufhörliches Sehnen nach Aurelia, das ihn überwucherte und durch sein Gewicht zu erdrücken drohte. Noch immer glaubte er, die Geliebte einholen zu können, aber zu diesem Verlust an Realität gehört gewöhnlich auch die Fehleinschätzung der Reisegeschwindigkeit einer sich entfernenden Person. Man wähnt sie noch erreichbar, wenn sie schon hinter dem Horizont Feste ausrichtet, in denen der Name des Verlassenen nicht mehr den Schimmer einer Bedeutung hat.

(1987)

DIE FRAU IN DER TÜR ZUM PARK

Ich will es nicht mehr haben. Es macht mich kaputt. Es schlägt mich in Scherben. Gestern Mittag war ich so müde, dass ich grundlos lachen musste. Mein Gesicht hat mit mir plötzlich gemacht, was es wollte. Das kommt vom vielen Unentschlossensein.

Nichts strengt mehr an, als ohne Entscheidung zu leben. Man hat bald keine Mitte mehr und muss immer geschickter balancieren, um nicht zu stürzen. Aber woher soll das Eindeutige kommen? Ich wünschte, man könnte in ein Geschäft gehen und eine Bestellung auf einen klaren Kopf machen. Ein Entweder/Oder brauch ich, aber alles, was ich denken kann, ist sowohl/als auch.

Weil es wahr ist: Der eine ist ein Glück für mich und der andere ist ein Glück. Und doppeltes Glück macht einen offenbar unglücklich. Gott selber hat sich nie entscheiden können und alles in tausend Variationen geschaffen. Wenn man sich nur die Tiefseefische im »Haus des Meeres« anschaut, weiß man schon ganz genau, was für einer Gott ist.

Und ausgerechnet ich soll sagen: Der ist es. Aus Milliarden Männern nur der. Ich weiß nicht, ob man wirklich zwei lieben kann, aber es zerrt ja nicht nur die Liebe an einem herum, es gibt ja auch noch die Vertrautheit und die Moral und den Kleinmut und die Rücksichten und die Vernunft.

Ich hab ja nicht leichtfertig geheiratet, sondern mit dem Willen zur Ewigkeit. Er war mir ja alles und mehr. Und seine Hände waren die zärtlichsten, und wenn er geschwiegen hat, war es noch interessanter als die verrücktesten Geschichten der anderen.

Und jetzt, wenn ich etwas unterschreiben muss, stört es mich ein wenig, dass ich seinen Namen trag, den ich mir früher so gewünscht habe. Es ist eine Schande, wie kurz manchmal die Ewigkeit ist. Wie kann ich mir noch jemals vertrauen, wenn mein Urteil, für das ich Jahre überlegen konnte, nicht standgehalten hat.

Der andere ist sich so unbeirrbar sicher, und das gefällt mir an ihm. Das und seine Grenzenlosigkeit. Er hat keinen endgültigen Umriss und doch nichts Ungefähres. Man schaut bei ihm in eine große Kraft, die auch etwas Furchterregendes hat, weil sie das Ende jeder Bequemlichkeit ist. Aber womöglich sind die Geliebten alle so, ehe man sich ganz für sie entscheidet. Vielleicht ist das ihr Lockmittel, das nur im Unentschiedenen gedeiht.

Es ist wirklich nicht leicht. Zuerst habe ich immer das Gefühl gehabt, meinen Mann mit dem anderen zu betrügen, und jetzt weiß ich manchmal schon, dass ich den anderen mit meinem Mann betrüge.

Was sind das überhaupt für Wörter: der andere und mein Mann. Beide sind mir ganz nahe und immer wieder, Augenblicke später, ganz fremd. Die Wahrheit ist, der Geliebte ist mir öfter fremd als mein Mann. Ich kenne ihn ja auch um fünf Jahre kürzer.

Das Fremdsein hat aber auch sein Gutes. Auf vieles ist

man ganz unvorbereitet und lernt sich selber in neuen Situationen kennen. Das Fremde ist immer die Voraussetzung für das Abenteuerliche, und ohne das Abenteuer habe ich kein frohes Herz. Trotzdem bekomme ich oft mitten im Abenteuer Heimweh. Ich glaube, nur wenn mir ein Mensch begegnet, der das Vertraute mit dem Abenteuer in Einklang bringen kann, werde ich gerettet sein.

So leicht ist das und so schwer.

Vielleicht sollte ich einmal wirklich frei sein. Ich bin ja immer von einer Abhängigkeit zur nächsten gelangt. Von den Eltern zu den Freunden, von den Freunden zu den Verlobten, von den Verlobten zum Ehemann und jetzt von ihm zum Geliebten.

Ich habe das Alleinsein nie gelernt. Immer nur gefürchtet, dass Alleinsein Einsamkeit bedeutet. Aber bewiesen hab ich mir das nicht. Meine Schwester behauptet, dass man auf das Alleinsein süchtig werden kann. Man ist sich mit einem ständigen Partner gar nicht bewusst, aus wie viel Rücksichtnahmen und Selbstverleugnungen vierundzwanzig Stunden bestehen, sagt sie.

Und wenn sich die Persönlichkeiten unterschiedlich entwickeln, empfindet das der andere immer als Verrat an einer Übereinkunft, für deren Garantie nur ein Idiot die Verantwortung hätte übernehmen können. Dann beginnen die meisten, ihre seelischen Bedürfnisse zu verheimlichen, oder sie verwirklichen sie auf Kosten des anderen. Sagt meine Schwester. Aber die hat eine sehr große Nase und ist ziemlich dick, und es könnte auch der Fuchs aus ihr sprechen, dem die Trauben zu hoch hängen.

Gute Ratschläge sind allesamt einen Dreck wert. Man muss sich auf das Spüren verlassen. Wenn es nur nicht so viele Arten von Spüren gäbe. Das Spüren beim Aufwachen, und er schläft noch neben einem und ist absichtslos und staunt seine späten Träume an. Das Spüren, kurz ehe man jemand wiedersehen wird, den man lange vermisst hat. Und man stellt sich den Klang seiner Schritte vor und die vertraute Bewegung mit der Hand über die Stirne. Das Spüren, wenn man im Theater mit dem Ehemann einige Reihen entfernt vom Geliebten sitzt, und der Hauptdarsteller sagt jene Sätze, die der Geliebte gestern Abend nach Erwähnung des Stückes zitiert hat. Das Spüren. Das Spüren. Das Spüren, wenn man weiß, es ist endgültig vorbei, und das Spüren zwei Minuten später, wenn man weiß, es wird niemals vorbei sein, nicht vor dem letzten Atemzug. Das Spüren. Das Spüren schlägt Haken. Das Spüren ist launenhaft. Und doch, es muss ein Gefühl geben, das unantastbar ist, unbesiegbar, unbeirrbar, unaufschiebbar.

Ich weiß nicht, ob man darüber gar nicht nachdenken soll, weil es mit dem richtigen Menschen ohnedies von selbst kommt. Holt es einen gewissermaßen ab, oder muss man aus großer Höhe springen, um es je berühren zu können? Ist Springen fahrlässig oder notwendig? Man weiß es erst nachher, wenn es dann überhaupt ein Nachher gibt. Ich kenn nämlich einige, die ihren Mut nicht überlebt haben. Das heißt, sie haben weitergelebt, aber irgendwie waren sie innerlich durch die Wucht der Enttäuschung ausgelöscht. Wie ein Spieler, der alles, aber auch wirklich alles, auf eine Zahl gesetzt hat, und es kommt eine andere. Oder noch schlimmer: Er bemerkt, wie das Kasino ihm seine Chance durch Betrug vorenthält. Oder am allerschlimmsten: Er verwechselt in Trance die Spiele. Roulettegemäß hat er sich verhalten, aber was tatsächlich stattfand, waren Hunderennen.

Ich glaub, ich will jetzt nur meinen Mut entmutigen. Aber hab ich ihn überhaupt? Meinen Mut? Meine Ängste sind ganz meine eigenen, das weiß ich. Beim Mut bin ich mir nicht sicher, dass ich nicht nur den hab, den er mir macht. Er ist ja scheinbar ein Mutmilliardär, der Herr Geliebte. Und dann auch wieder gar nicht. Manchmal versteinert er für Stunden und traut sich und uns gar nichts zu. Wer nicht von Zeit zu Zeit alles in Frage stellt, sagt er, hat bald weder sinnvolle Fragen noch die geringste Chance auf eine nützliche Antwort.

Mein Mann ist da berechenbarer. Das hat viel Beruhigendes. Vielleicht ist er auch das, was man eine gefestigtere Persönlichkeit nennt. Bei ihm baut man auf sicherem Grund. Aber vom Grundstück des anderen hat man die schönere Aussicht.

Alles ist ungerecht, was ich denke.

(1989)

DER SPRUNG IN DEN HIMMEL

Ramón war der schwierigste Fall in der psychiatrischen Klinik von Cádiz. Niemand, nicht einmal der Direktor des Instituts, sagte übrigens psychiatrische Klinik, alle verwendeten noch das Wort Irrenhaus. Von den Patienten sprachen sie als Vulkane. Erloschene, ruhende oder tätige Vulkane.

Ramón war immerzu tätig. Er spie seine inneren Zustände, seine Gewissheiten und Vermutungen, in jedem wachen Augenblick aus, und kein Medikament brachte die Uhr seiner Rasereien zum Stehen. Natürlich bändigten bestimmte Drogen vorübergehend seine Motorik, seinen Redefluss, sein Wutgetöse, aber nur in dem Sinn, wie ein Deckel den Dampf einsperrt, bis er vom Überdruck weggeschleudert wird. Höhere Dosierungen hätte Ramóns Körper nicht entgiften können, und so wirkte er inmitten der anhaltenden Mattheit und Langsamkeit der anderen Patienten häufig, als wäre er der Stellvertreter all ihrer Lebendigkeiten.

Ramóns Leiden war, dass er unter dem Eindruck stand, Hunderte Male am Tag neu gefaltet zu werden. Wie ein Blatt Papier oder eine Serviette, deren sich die Hände eines Hypernervösen bemächtigt hatten. Überall spürte er unangenehme Knicke und sehnte sich nach nichts mehr als nach vollkommener, unangetasteter Glätte. Als Verursacher kamen für ihn entweder Bewohner der Gischt des nahen Meeres oder ein gewisser Louis del Monte infrage.

Oft hatte Ramón schon darum gebeten, tiefer ins Landesinnere gebracht zu werden, wenn möglich nach Sevilla, weil der lange Arm der Gischtgeister nicht so weit reichen konnte und auch der Getreidehändler del Monte dort keine Interessen besaß. Aber die Ärzte wiesen seine Wünsche ab, und manchmal dachte er, sie stünden im Sold seiner Quäler. Dann schrieb Ramón Briefe an die Königin von Spanien, deren Herzensgüte über jedem Gesetz und selbst über der Allmacht der Ärzte stand, und erflehte ihren Beistand. Aber er erhielt nie Antwort, und daran waren mit Sicherheit wieder die Gischtgeister oder del Monte schuld, die, wie er vermutete, in der Umgebung der Anstalt Fallgruben für Briefträger errichtet hatten.

Dreizehn Jahre dauerte dieser schreckliche Zustand bereits. Anfänglich waren noch seine Eltern auf Besuch gekommen, später nur mehr die Schwester, dann löste sich alle Verwandtschaft in Luft auf. Er roch sie nur noch gelegentlich, wenn der Wind aus Richtung Afrika blies. Was sie dort zu schaffen hatten, war ihm ein Rätsel. Ebenso, warum alle Speisen nach Wermut schmeckten. Oder warum er immer deutlich den ganzen Mond sah, auch wenn der laut Kalender im Ab- oder Zunehmen begriffen war. Unmöglich, dass ihm seine Einbildung Streiche spielte, und noch dazu größtenteils traurige. Dass es unterschiedliche Wirklichkeiten gab, konnte er gelten lassen. Die Ärzte aber dachten nicht so. Ihr Beruf bestand aus dem steten Versuch, ihn ganz in ihre Wirklichkeit zu holen und dort zu verankern. Es musste ihm gelingen, ihnen für immer zu entschlüpfen.

Also suchte Ramón Rat bei den glitschigen Dingen.

Stundenlang betrachtete und betastete er nasse Fische, Seifen und Schmieröl. Mit Letzterem bedeckte er dann eines Nachts seinen Körper und fing zu lärmen an, bis die Pfleger alarmiert herbeirannten.

»Ich entschlüpfe euch«, schrie er, »es gibt kein Halten mehr!«

Aber sie warfen eine Decke über ihn und verschnürten das zuckende Bündel, und bald war wieder alles beim Alten.

Monate vergingen, und die Hitze Andalusiens kochte die Eier in den Ärschen der Hennen, wie der Kaplan zu sagen pflegte. Viele Patienten rieben den Rücken an den kühlen Wänden des ehemaligen Klosters, das sie bewohnten. Einer rieb sich blutig und hinterließ auf dem Mauerkalk ein seltsames rötliches Bild, das Ramón als Schlüssel deutete.

Damit werde ich das Paradies aufsperren, dachte er.

Aber weder wusste er, wo das Paradies war, noch, wie er den Schlüssel materialisieren konnte. Er schlug mit dem Kopf an das Fresko und hoffte, es auf diese Art in sich zu übertragen. Es misslang. Dann kratzte er es von der Wand und aß es, und es war das Erste seit einer halben Ewigkeit, das nicht nach Wermut schmeckte.

Der Schlüssel selbst ist das Paradies, dachte er.

Sein nächster Einfall war, sich mittels des Paradieses abzuschließen. Er machte ein paar drehende Handbewegungen über den Augen, den Ohren, dem Mund und der Nase. Jetzt hatte ihn der Schlüssel vollends von der Welt der anderen getrennt.

»Hoffentlich ist es so«, seufzte er.

Ramón wartete, ob man ihn falte, aber nichts dergleichen geschah. Auch andere Patienten waren nicht zu bemerken. Auch die Ärzte und Pfleger gab es nicht mehr. Er misstraute dem Glück und zählte langsam bis zehntausend. Dann erst begann er die Wandlung zu glauben. Ganz in sich und bei sich war er. Den Paradiesschlüssel, oder besser das Schlüsselparadies, musste ihm die Königin von Spanien über geheime Wege gesandt haben. Er wollte ihr augenblicklich einen Dankbarkeitssaal in seinem Körper errichten. Am besten gleich neben der Milz. Und in der Leber würde er künftig eine Sternwarte betreiben und geduldig in seinen Adern reisen, bis er die entferntesten Winkel seines Reiches kannte, vom Scheitel bis zur Sohle. Schon zündete Ramón die Lichter im Dankbarkeitssaal an. Sie brachen sich in den zahllosen Facetten der geschliffenen Spiegel, die den Raum begrenzten.

Aus jedem Blickwinkel bemerkte er die grotesk verzerrte Königin, die sich herabließ, persönlich sein Geschenk zu inspizieren. Von überall streckten sich ihm ihre mit Seidenbändern umwickelten Finger entgegen. Er küsste sie und küsste sie immer wieder aufs Neue, bis die Lichter verloschen. Dann versetzte ihn die Regelmäßigkeit seines Pulsschlags in Trance und seine Kindheit stieg aus der Vergangenheit. In einem einzigen Erlebnis war sie zusammengefasst, und dieses Erlebnis wiederholte sich, als wäre jetzt damals und damals jetzt:

Mit seinem Vater sitzt er auf einer der Steinbänke der kleinen Stierkampfarena seines Heimatortes. Eine Begeisterung hat die anderen Zuschauer erfasst, der Ramón noch nie begegnet ist. Sie werfen Hüte und Kappen in die Luft. Sie umarmen einander. Sie rufen Worte, deren Bedeutung ihm fremd ist. Plötzlich brausen sie auf. Es klingt wie Sturm, der in Tausende Wäschestücke fährt. Er hält sich die Ohren zu. Sein Vater reißt ihn an den Haaren.

»Schau hin, du Idiot! Versäume keinen Bruchteil eines Bruchteils! Dort unten, in der Arena, kämpft El Cordobes, der Liebling der Heiligen, der Tapferste und Geschmeidigste seit Manolete. In seinen Venen fließt Stierblut, darum ahnt er die Reaktionen der Bullen besser als jeder andere Sterbliche. Die Heiligen haben ihm Stierblut verliehen, weil er sich der Ehre Gottes vermählt hat. Verstehst du, du Idiot.«

»Ich verstehe nicht, Vater«, antwortet Ramón.

Im selben Moment wird der bestickte Mann, dem die Anbetung seines Vaters gehört, von den Hörnern des Stieres erfasst und hochgeschleudert, und alle Geräusche verstummen. Er sieht, wie El Cordobes höher und höher steigt. Das Blut des Matadors regnet aus zwei funkelnden Wunden auf die Arena, und Ramóns Vater sammelt es größtenteils in seinen Strohhut. Der Held steigt weiter empor und direkt in die Ehre Gottes, und Ramón sieht es und wird davon geblendet. Eine Woche später vertraut man ihn der Anstalt am Campo Verde an. Das Weinen seiner Mutter, monoton und von Wimmern begleitet, ist das letzte Zeichen, das er der Kindheit zurechnet.

In der Nacht nach diesem Wiedererleben schlief er lange, tief und traumlos. Am Morgen stand er auf, bat, duschen zu dürfen, und drückte, nachdem er sich mit seinem Sonntagsanzug bekleidet hatte, jedem in der Anstalt, der ihm über den Weg lief, innig die Hand. Zum Mittagessen konnte man ihn nicht finden. Man suchte zwei Tage und Nächte nach ihm, aber er blieb für immer verschwunden. Ein Patient behauptete gesehen zu haben, wie Ramón sich vor seinen Augen bückte, in die Luft sprang und durch die Decke entflog, ohne den Gesetzen der Schwerkraft unterworfen zu sein.

(1995)

K. U. K. – EIN MONOLOG

Man wird als Kellner geboren. Das ist kein Beruf, das ist ein Zustand. Eine Mentalität, wie der Herr Verosta sagt, der ein Philosoph ist, und zwar ein so guter, dass ihn sogar die Frau Professor Auer vom Tisch Nummer 14 grüßt. Dienen – dazu gehört Größe. Die klugen Fürsten und die klugen Kellner bringen Frieden in die Welt. Sie schaffen Gebiete, in denen der Mensch vor dem Menschen sicher ist, hat der Verosta gesagt. K. und K. brauchen wir: Kaiser und Kellner.

Das war schon das Geheimnis der alten Monarchie. Dienstboten und Herrscher waren unsere Stärke. Dazwischen klaffte in Österreich immer ein tragisches Vakuum. Sagt der Verosta. Vor allem darf ein guter Kellner nicht schwitzen. Sag ich. Wenn man ihn anschaut, darf es einem nie grausen. Im Gegenteil, man soll einen Hunger kriegen oder, wenn man ein Graf ist, die feinere Form von Hunger: einen Appetit.

Im Kaffeehaus sind ja die Grafen noch Grafen, und die vielen kleinen Weltuntergänge bleiben gefälligst vor der Tür, wie die Hunde. Das, was der Verosta die Wirklichkeit nennt, hat überhaupt Lokalverbot. Als Gast ist man der, für den man gehalten werden will, und mir soll's recht sein.

Im Irrenhaus ist es so ähnlich, aber weniger verraucht. Ich weiß von jedem, den ich länger kenn, alles in zwei Varianten. Das Scheinen und das Sein von den Herrschaften kenn ich. Nicht weil's mich interessiert, sondern weil jedem über zehn oder zwanzig Jahre gerechnet einmal der Schein herunterfällt, und dann steht er da mit sozusagen nichts als der Unterhose des Seins bekleidet und erzählt mir von der Geliebten, die ihn verlassen hat, oder den vierzehn Buchteln und sieben Schnäpsen, die ich ihm stunden soll.

Neunzig Prozent aller Stammgäste hausen eines Tages auf den Trümmern ihrer ehemaligen Pläne und Begeisterungen. Zwei Drittel ihres Lebens sind sie dann damit beschäftigt, sich mit mehr oder weniger Aufwand zu verheimlichen, dass sie mit dem gescheitert sind, was sie sich das erste Drittel lang von sich selbst versprochen haben. Manche schweigen sich zu. Andere trinken sich zu. Wieder andere reden oder lachen sich zu. Auf alle Fälle wollen sie ganz und gar zu sein. Denn in etwas Offenes kann man hineinschauen und vielleicht bis auf den Grund, und dann wär mit dem Schwindeln ein Ende.

Der Ottokar Lamberger vom Tisch Nummer 3 zum Beispiel stellt sich tot. Jeden Abend sitzt er stundenlang unbeweglich und starrt in die Wand. Mit einem Fingerschnippen bestellt er Fernet Branca. Nur beim Verabschieden spricht er: »Es war schön, nicht hier gewesen zu sein.«

Mich wundert nichts mehr, und das schon seit langem. Dutzende Ehen hab ich werden und sterben gesehen. Vom ersten Tändeln bis zum letzten Viertel Gumpoldskirchner, das sie ihm ins Gesicht schüttet. Ich hab in aller Bescheidenheit einen vollkommenen Blick für Paare, die nicht zusammenpassen. Manchem könnte ich sagen: Herr, ahnen Sie denn nicht, dass Sie die Art, wie die Dame Ihnen die Krawatte zurechtrückt, von heut auf morgen in den Wahnsinn treiben wird? Man braucht an meiner Stelle viel Talent zur Zurückhaltung und behält fast immer Recht.

Die Vorahnungen eines guten Kellners gehen tief ins Hellseherische. Dem Domprediger Zedlitz hab ich richtigerweise einen Beinbruch vorausgesagt. Da hat er allerdings betrunken angekündigt, in einer halben Stunde auf der Spitze der Pestsäule am Graben das Te Deum von Bruckner zu singen.

Die Betrunkenen sind nicht die Ärgsten. Man muss ihre Grobheiten wenigstens nicht höflich erdulden. Man kann sich wehren, weil sie eh am nächsten Tag alles vergessen haben. Die Ärgsten sind die nüchternen Schikanierer, die glauben, sie gelten als Herren, wenn sie jemandem den Herrn zeigen. Die watsch ich oft in Gedanken so lebensecht ab, dass ich mich schon zweimal zur höchsten Verwirrung des Betroffenen laut entschuldigt und ihm mit dem Servierhangerl das unsichtbare Blut vom Kinn gewischt hab.

Ein Arzt hat mir gesagt, dass mein Arbeitsplatz ungesund ist. Krank werd ich aber nur im Urlaub. In der Sonne und in der frischen Luft. Die Mediziner sind fantasielos und einfältig. Sie glauben, dass es nur eine Gesundheit und viele verschiedene Krankheiten gibt. Es gibt aber auch zahllose Arten von Gesundheit. Ein Grottenolm zum Beispiel jubelt in der Umgebung, die einen Kolibri innerhalb von fünf Minuten umbringt. Es gibt Tibetaner, die barfuß im Schnee gehen und dabei, zur Abkühlung, einen Eiszapfen lutschen, und Äquatorianer, die an Hundstagen in Wien scheppern wie ein Kluppensackerl, weil sie's derart friert.

Ich brauch den Dampf der Kaffeemaschine und den Gestank der Kettenraucher für meine innere Orientierung. Gesund kann man doch nur sein, wo man froh ist. Also gibt es nichts Gesünderes für mich als das so genannte Ungesunde.

Der Pikkolo Kottula, der ein zugereister zäher Potsdamer ist, braucht nur einen Vormittag im Lainzer Tiergarten zu wandern, und am nächsten Abend hat er Wimmerln, dass man ihn guten Gewissens nur mit einem Schleier servieren lassen dürfte.

Der Kottula ist überhaupt ein naiver und kläglich gescheiterter Versuch der Chefin, einen Preußen ins Herz des Wienerischen zu verpflanzen. Da kann ihn kein Fleiß retten, den Hans-Günther Kottula. Wir bleiben füreinander Rätsel: Deutsche und Wiener. Auch lernen kann man da nichts. Nur sich gegenseitig anstaunen. Es ist im Grunde genommen unvorstellbar, dass wir Nachbarn sind. Denn jeder Kümmeltürk oder heiser gesungene Gondoliere ist mir vertrauter als ein Diplomingenieur aus Bremen oder was sonst alles mit fester Stimme bei uns Káfffe bestellt.

Der Verosta sagt, dass die Teutonen nach Österreich kommen wie in ein Bordell für Schlampereien, Lachen und andere schöne Gefühle und Seligkeiten, die ihnen das eigene Land versagt. Hier genießen sie's und sind uns im Grunde hörig, und wenn sie wieder nach Hause fahren, sind sie sich deshalb selber unheimlich und genieren sich über die Jauchzer und machen sich über das Erlebte lustig, wie die Dummköpfe über Huren lästern, bei denen sie sich grad von ihrer Dumpfheit erlöst haben.

Der Verosta weiß das meiste ganz genau und kann damit,

glaub ich, im Grunde nichts anfangen. Die Obergescheiten sind eben doch ganz etwas anderes als die gescheiten Ober. Auf die Verwertungsfähigkeit kommt es an. Mein Kollege, der Krautmann Kurti, ist ein ziemlicher Idiot, außer in Angelegenheit Pferdewetten. Er kann nämlich vom Gesichtsausdruck eines Jockeys beim Aufwärmen darauf schließen, ob der bestochen ist oder nicht. Das so Gewonnene genügt ihm zum Überleben und dazu, manchmal Leuten wie dem Verosta etwas zu borgen, das er dann absichtlich vergisst.

Ich schau mehr aufs Geld, weil ich Pläne hab. Ein Mensch ohne Pläne liegt ja eigentlich schon im Sarg. Ein Senegalese hat mir erzählt, dass es im ganzen Senegal kein einziges Gasthaus mit Wiener Küche gibt. Das muss man sich einmal vorstellen. Ein so großes Land ohne Palatschinken und Beuschel mit Knödel. Da könnte sich ein Vermögen verdienen lassen. Und gegen den Durst: Wiener Hochquellwasser. Das füll ich mir hier im Badezimmer in Flaschen, und dort verkauf ich das Glas eiskalt für 20 Schilling. Nur tun müsst man's. Nur tun.

Genauso, wie ich die wunderschöne Frau Canova vom 11-er Tisch einmal fragen müsste, ob sie mit mir die Mineraliensammlung im Naturhistorischen Museum anschauen geht. Wahrscheinlich lacht sie und sagt nein. Aber vielleicht lacht sie und sagt ja. Weil es sie überrascht, dass ich Mineraliensammlung sag und nicht Flotten-Kino oder Stadtpark oder Volksoper. Vielleicht denkt sie: Er ist zwar ein Kellner, aber er hat mehr Empfindsamkeit als mein Mann, der berühmte Röntgenologe.

Die Mineraliensammlung ist ja wirklich unvergleichlich.

Wie ein Juweliergeschäft für Engel kommt sie mir vor. Und im Juli oder August holt an schönen Tagen das Sonnenlicht in dem Saal mit den Bergkristallen ein Glitzern und Schimmern aus den Steinen, dass man glaubt, jemand hätte die große sich drehende Spiegelkugel aus dem Ronacher-Varieté in Betrieb gesetzt.

Auch das Josephinum besuch ich gern. Diese Sammlung von gläsernen und wächsernen Körpern, die der Kaiser Joseph in der Barockzeit als Lehrmittel für die Mediziner herstellen hat lassen. Man glaubt ja nicht, was für ein Labyrinth der Körper ist und dass der kürzeste Weg von der Milz zum rechten Knie übers Herz führt. Wenn man sich selbst an manchen Tagen in den Darm schauen könnte, würde man so erschrecken, dass man unter Umständen die Polizei riefe, sagt der Verosta.

Das Josephinum ist aber kein geeigneter Ort für ein erstes Treffen mit der Frau Canova, denn Führungen durch den Knochenbau und das Aderngeflecht und die Organe sind das Einzige, was ihr der Röntgenologe mit Sicherheit auch bieten kann. Aufs Unverwechselbare kommt es beim Erobern an, sagt der Verosta. Der, der sich am meisten von allen anderen Männern unterscheidet, ist der am wenigsten langweilige. Deswegen sind auch so vielen Frauen Raubmörder und Millionenschwindler noch beim Hintern lieber als Schuldirektoren und Oberbuchhalter beim Gesicht. Nur zugeben tun sie's nicht, sagt der Verosta. Ich auf alle Fälle wasch mir jetzt die Hände und dann frag ich die Frau Canova.

(1990)

EISREGEN IM ROTLICHTDISTRIKT

Auch wenn manche Ehe im Himmel geschlossen wird, so bleibt als unerbittliche Tatsache, dass man sie auf Erden leben muss.

Das Jawort geben sich gewöhnlich jüngere Leute, also im langsamen Reifen begriffene, die wenig über die wahren Bedürfnisse und Sehnsüchte ihrer Seelen wissen. Mit der Zeit und meist staunend entdecken sich dann diese Verheirateten, und die Kluft zwischen Wunsch und Erfüllung macht sie bitter. Wähnten sie sich doch ursprünglich allesamt auf großer Fahrt zu den hängenden Gärten der Semiramis, und eines schalen Augenblickes erwachen sie dann am Hauptplatz eines Provinznestes, und obendrein nieselt es.

Die Klügeren glauben nicht daran, dass das Schicksal gerade ihretwegen für eine Ausnahme sorgen wird, und erheben es zum Prinzip, lieber allein mit dem schwachen Zweifel, ob es nicht doch hätte gutgehen können, ihr Dasein zu verbringen als zu zweit in der absoluten Gewissheit, dass es nicht gutgegangen ist.

Herr van Hoog war einer jener Klügeren, und es mangelte ihm wahrlich nicht an Gelegenheiten, seinem Prinzip untreu zu werden. Das heißt: Sein Erfolg bei Frauen reichte ins Enorme.

Da die Welt kein Ort der Gerechtigkeit ist, haben jene in

Herzensangelegenheiten die größte Wirkung, die das Unnahbare mit dem Verwirrenden und das Grausame mit dem Leidenschaftlichen zu vermengen wissen.

Ein Mensch wie van Hoog hat in der Hauptsache die Ambition, niemals der Betrogene zu sein, vielmehr stets jener, mit dem man betrügt. Wer meint, dass dies ohnehin der Wunsch von so gut wie jedem und jeder ist, hat keinen Begriff von den Mühen, die zur Verwirklichung dieser Haltung vonnöten sind. Im idealen Fall darf man sich nämlich innerlich niemals wirklich berühren lassen. Denn nur ein derart unberührter Mensch ist in seinen Gefühlen unverletzbar, und nur an ihm kann sich ein Betrug niemals schmerzlich vollziehen. Fortwährend hat man aber zu beachten, dass diese Absicherung einen in keiner Weise stumpf macht. Denn nichts zerstört die elektrisierende Wirkung desjenigen, mit dem betrogen werden soll, nachhaltiger als Anflüge des Alltags in seinem Wesen.

Van Hoog war im Grunde ein Meister der Distanz im Nahsein und des Nahseins in der Distanz. Vor allem aber liebte er die Frauen wirklich. Selbstverständlich nicht einzelne, sondern das weibliche Geschlecht insgesamt. Aber jede, der er sich zuwandte, hielt sich ganz persönlich für den Ursprung dieser Liebe.

An jenem Donnerstag, dessen Vorgänge diese Erzählung zu beschreiben versucht, war Amsterdam gegen 18 Uhr von qualligem Nebel erfüllt. Man musste wie ein Haftelmacher darauf achten, nicht ununterbrochen kleinere und große Hindernisse zu übersehen, denn die kalten Kanäle hielten für Stürzende wenig Trost bereit.

Unser Held wollte gerade den Rotlichtdistrikt zwischen Vizjelstraat und Rembrandtsplein durchqueren, als der Himmel sich auftrumpfend zu einem Eisregen entschloss. Eines der in dieser Gegend zahllosen Pornogeschäfte blieb als nächstgelegene Zuflucht. Das grottenartige, im Souterrain gelegene Lokal war auf Gerätschaften, Kleidungsstücke und Broschüren für Sadisten und Masochisten spezialisiert. Van Hoog, dem derlei Leidenschaften als Höllentore zu Abhängigkeiten galten, betrachtete dennoch mit einem gewissermaßen wissenschaftlichen Blick die durchaus fantasievollen Variationen erotischer Qualen. Gerade staunte er über Fotografien, die eine ältere Dame zeigten, welche am ganzen Körper mit großen silbernen Nadeln gespickt war und, wenn er es richtig deutete, über eine kompliziert gewundene und immer wieder von Rollen gestützte Rohrleitung den Urin eines rachitisch wirkenden Asiaten trank. Da drückte ihm jemand zu seinem maßlosen Erschrecken einen harten Gegenstand in den Rücken. Als er sich mit einem unfreiwillig komischen Sprung umdrehte, sah er das Fräulein Sidonie Freitag vor sich, mit einem mächtigen schwarzen Gummipenis in ihrer Rechten und einer Nilpferdpeitsche in der Linken.

»Sie sind mit Abstand der letzte Mensch, dem ich hier zu begegnen erwartet hätte«, sagte sie und stahl ihm damit den einzigen Satz, zu dem er in diesem Augenblick fähig gewesen wäre. Van Hoog war, als schütte ihm jemand einen Kübel mit Erinnerungen in den Kopf. All die vergeblichen Anläufe wurden ihm bewusst, die er in den vergangenen Jahren unternommen hatte, diese Person zu erobern. Nichts, was von ihm ausging, schien sie je zu interessieren, und er nannte sie seit langem respektvoll »die Ausnahme von der Regel«.

Eine Rothaarige war sie, mit einer Sommersprossenhaut, als habe ein verrückter Tätowierer Sternkarten auf ihr angelegt. Ihre Stimme hatte den gedehnten selbstbewussten Ton, der Töchtern adeliger Familien oft eine Herbheit gibt, die ihnen mehr schadet als der Verlust zweier Schlösser. Aber sie strahlte auch jene anscheinend unwandelbare Ruhe aus, nach der sich Männer wie van Hoog in der Tiefe ihres Wesens am meisten sehnen.

Es gibt Beiläufigkeiten, die sich wenige Augenblicke nach ihrer Entstehung zu Hauptsachen auswachsen. Gerade noch waren sie in uns, und schon sind wir in ihnen, und sie sind fortan unser ungerechtes Gesetz und unsere böse Heimat.

Van Hoogs vermeintliche Beiläufigkeit war die ironische Frage: »Fräulein Sidonie, interessieren Sie sich mehr für das Schmerzenempfinden oder für das Schmerzenzufügen?« Als Antwort erhielt er einen derart ungestümen Hieb mit der Nilpferdpeitsche ins Gesicht, dass er drohte, auf das dreckige Linoleum des Fußbodens zu stürzen. Er wollte ihr die Peitsche entreißen, aber sie drosch ihm noch eine über den Schädel, und er fühlte, wie das linke Auge zuschwoll. Er versuchte sich mit den Händen zu schützen, und gleichzeitig wurde ihm unzweifelhaft und erschreckend bewusst, dass in ihm kein Wille war, sich zu wehren.

Drei Kunden des Geschäftes hatten begonnen, Sidonie anzufeuern, und als schließlich der Verkäufer ihre Arme von rückwärts umklammerte, um ihr Einhalt zu gebieten, entstand für einige Sekunden eine Stille, die van Hoogs bisheriges Leben verschlang und aus der er als jemand hervorging, den wenig mehr als der Name und sein Aussehen an sich selbst erinnerte. Das Fräulein Sidonie Freitag hatte sich wieder gefasst und schaute ihr Opfer gleichgültig an. »Sie kommen morgen Punkt 16 Uhr zu mir in die Wohnung«, sagte sie. »Tragen Sie lediglich Kleidungsstücke ohne Kunstfasern, und verwenden Sie keinerlei Kölnischwasser.«

Van Hoog zitterte am ganzen Leib. Jetzt sah er seine Herrin in den Nebel treten, der sie aufnahm und rasch dem Blick entzog, wie ein Postkasten einen eingeworfenen Brief.

(1992)

DIE NACHT
DES ALTEN MANNES

Die Eva sehe ich so deutlich. Tot und lebendig. Den Duft in ihren Armbeugen kann ich riechen. Shalimar hieß das Parfum. Und ihre linke Brust war größer als die rechte. … Korfu. Wir schwimmen im wassergefüllten Aushubkrater einer ehemaligen Kupfermine. Die Vitalität von damals. Das Sichetwaszutrauen. Die Bösartigkeit im Beurteilen der anderen. Die funkelnden Fehlurteile. … Wo sind eigentlich die Schmalfilme, die der unheilige Petrus in diesen Jahren drehte? Die Freundesversammlung bei der verregneten Madureischen Hochzeit. Dreihundert verschiedene Himmelsstimmungen hatte der angeblich in seiner Zelluloidsammlung. Vom Wolkenjagen über Lissabon bis zum Sandsturm über Timbuktu. Der unheilige Petrus ist so schön gewesen. Er war überhaupt das einzige optisch wirklich makellose Mannsbild, das mir je in natura begegnet ist. Später ist es oft ein Unglück, wenn man als junger Mensch schön war. Viele von denen sind ja fast nur mehr mit Heimweh nach dem Damals ihres Körpers beschäftigt. Es bleibt alles so lange selbstverständlich, bis, scheinbar plötzlich, eine Grenze überschritten ist. Dahinter gelten andere Gesetze, andere Geschwindigkeiten. Etwas zwingt dich, dich mit dir selbst bekannt zu machen, bis in die bleiernsten Tiefen. Wie bei den Tieren der Wildnis ist es. Kaum wird man schwächer und unbeweglicher, stürzen die Furien der Melancholie, die Hyänen des Schwermuts, die Aasverwerter der verdorbenen Ängste in unser Gemüt und zanken um die Beute. … Diese Schmerzen im Unterschenkel. Dieses Ständig-das-Polster-wenden-Müssen auf der Suche nach Kühle. Welche Lächerlichkeit erwartet mich am Ausgang des steinernen Gartens, durch den die steinernen Bäche fließen, die keinen Durst zu löschen vermögen? Ich fürchte, dort lauern die Boten des Misserfolges und beschmieren mich mit Katzendreck und stülpen mir einen Zylinder aus Spargel über das Haupt. … Ein Kind hätte ich zulassen sollen. Etwas, das einen verankert im Lebendigen. Von der Eva keinesfalls. Aber von der Ruth. Das Kind wäre jetzt auch schon Mitte vierzig und womöglich fahrig wie seine Mutter, aber vielleicht auch mit deren Lachen gesegnet. Ein Lachen im Haus täte gut. Eines gegen die Fantasien der Koliken und gegen die durchgestrichenen Namen und Telefonnummern im zerschlissenen Adressbuch. Ich gehe auf keine Begräbnisse mehr. Es scheint mir wie Vorbesichtigungen des eigenen Schlussakkords. … Ich habe das Gefühl, dass die Haushälterin nie unter dem Bett kehrt. Ich liege wahrscheinlich über einem Lurchdepot. Einem Bakterienstaat von grandioser Ungestörtheit, dessen hämisches Ballgeflüster mir in den Adern rumort. Morgen werde ich versuchen, mich zu bücken, um unter die Möbel zu schauen. Vielleicht mittels eines Spiegels und einer Taschenlampe. Mir ist die Kontrolle über mein Haus entglitten. Aber wenigstens den Harn kann ich noch halten. … Wer wird hier wohnen, wenn ich mich verabschiedet habe? Wer wird als Erster meine Kästen und Laden durchwühlen?

Wer wird meine Schuhe tragen und wer den Smoking, mit dem ich mich im Teatro San Carlo zum lachhaften Applaus auf der Bühne zeigte? Ich habe mich ziemlich veruntreut. Auf meinem Grabstein sollte stehen: Tagedieb. ... Die Finsternis hat einen Geruch und die Finsternis hat einen Klang. Das wusste ich früher nicht. Ich könnte die Finsternis vertonen. Eine Versammlung von zwanzig oder dreißig Oboen und einer Ziehharmonika. Ich könnte. Die meisten Pläne sind ja nur mehr Hochstapeleien. Ein Plan soll in meinem Zustand Mut machen, um das Dornengestrüpp solcher Nächte zu überwinden. Man möchte sich im Glauben wiegen, dass auf der anderen Seite, am nächsten Tag, etwas Gutes wartet. Die Berührung durch ein Glück und nicht nur eine unübersehbare Landschaft aus Raben und Krähen. ... Ich bin im Grunde immer müde. Außer wenn ich schlafen will. Dann hält mich die Erschöpfung wach und die Not und das schlechte Gewissen, meine Talente fast ganz vergeudet zu haben. Das Leichte, das rasche Blendwerk war so viel verlockender als das Schürfen nach einem Koh-I-Noor in den Fegefeuern der Arbeitszimmer. Aber das viele Leichte war natürlich niemals schwebend. Denn das Schwebende ist das Schwerste überhaupt. Wie hab ich überhaupt je Komponist werden können, nachdem ich mit wachen Ohren Strawinsky gehört habe? Es ist wie beim Hasen und dem Igel. Strawinsky ist immer schon ausgeruht im Ziel, wenn man atemlos und halb zerschmettert angekrochen kommt. Swjatoslaw Richter meinte einmal, dass ihm Haydn mehr bedeute als Mozart. Das ist interessant. Unfassbar interessant. Er hat das in demselben Gespräch gesagt, in dem er von seiner ersten Begegnung mit einem Mann erzählte, den er zunächst für blind hielt und den er Augenblicke später, als dieser sich eine Brille aufsetzte, als Schostakowitsch erkannte. ... Manchmal denke ich jetzt, dass ein einziger, unverlogen freundlicher Mensch mehr wert ist als alle Kunstwerke von der Höhlenmalerei bis heute. Den Sanftmut der philippinischen Nachtschwester nach meiner letzten Operation können nicht einmal die Demoiselles d'Avignon aufwiegen. Sanftmut ist das Letzte, was man mir vorwerfen könnte. Ich war für die Welt kein Gewinn und für mich selbst schon gar nicht. ... Ich sollte mir verbieten, so über mich zu denken. Wie kann der Körper nicht die Lust verlieren, so einem Selbsthass Gesundheit zur Verfügung zu stellen? Die Dramaturgie dieses Stückes, das Leben genannt wird, ist zweifellos dilettantisch. Das Miserabelste, Unerfreulichste, Quälendste kommt zum Schluss. Da darf sich Gott nicht wundern, wenn die Kritiken desaströs schlecht ausfallen. Am Anfang die Katheder der Schulmeister und am Ende die Katheter der Urologen.

(1998)

DIAMANTEN AUF DEN AUGEN

Als Tom sich an diesem 23. August 1988 setzte und dabei die Lehne des grünen Blechstuhls berührte, fiel ihm auf, dass die Mittagssonne sie sehr erhitzt hatte. Er ließ die Wärme in seine Handflächen und Unterarme sickern. Dabei streckte er wohlig die Beine unter den Kaffeehaustisch und stieß mit dem linken Schuh unabsichtlich an einen kleinen, schlafenden Hund, der zu einer der beiden alten Damen am Nebentisch zu gehören schien. Das Tier erschrak und verbiss sich mit schrillem Aufkläffen in das schwarze Leder, das ihn ein wenig von Toms Fuß trennte. Tom erschrak seinerseits derart, dass er durch allzu heftiges abwehrendes Strampeln vom Stuhl rutschte und nun dem wütenden Köter seinen ganzen Körper aussetzte.

Eine der alten Damen begann sofort mit ihrer schweren Handtasche auf das vollgedeckte Tische mit sich reißende Unglücksknäuel aus Mensch und Tier einzuschlagen. Als Tom eine halbe Minute später endlich dazu kam, einen klaren Gedanken zu fassen, fand er sich mit zerrissener Hose in einem Brei aus verschiedensten Getränken, Briochegebäck sowie dem Inhalt mehrerer Aschenbecher wieder.

Dem Oberkellner war es mittlerweile gelungen, den Hund mit entschlossener Gebärde am Rückenfell in die Luft zu reißen. Dann warf er ihn augenblicklich, um nicht ebenfalls gebissen zu werden, weit von sich, mitten in die auf dem Gehsteig versammelten Gaffer. Dies versetzte nun beide alten Damen in eine beeindruckende Wut. Ganze Kaskaden von Schimpfwörtern gossen sie über die Umstehenden. Den Oberkellner nannten sie einen Trottel erster Klasse mit der Seele eines Banditen, einen geistigen Schlachter, dessen Mutter wahrscheinlich ein Naziflittchen gewesen sei. Einen der neugierigen Passanten apostrophierte die Handtaschenbewaffnete als Urinoir, aus dem einen Fettaugen anstarrten.

Tom hatte sich erhoben und war bemüht, sein Äußeres und Inneres in eine etwas weniger devastierte Form zu bringen. Sein Blick streifte die alten Damen und ging zurück zu seinen lachhaften Besudelungen und wiederum zu den alten Damen, und langsam reifte in ihm ein ziemlich unglaublicher Verdacht. Er betrachtete die Gesichter der sich nur langsam beruhigenden Hundebesitzerin und Hundebesitzerin-Bekannten. Die eine trug ihre blaugrauen Haare zu einem schütteren Pferdeschwänzchen gebündelt und hatte einen spöttischen Mund, dem violetter Lippenstift eine groteske Kontur gab. Die andere, sehr viel zerbrechlicher wirkend, war eine Art uraltes Schulmädchen, dessen schöne Züge an einem riesigen gelben Leinenhut befestigt zu sein schienen. Beide wirkten wie aus dem Skizzenbuch eines auf vordergründige Wirkung bedachten Expressionisten.

Tom aber war mittlerweile davon überzeugt, dass die Damen Greta Garbo und Marlene Dietrich hießen. Von Letzterer wusste er, dass sie in einer Wohnung in der Avenue Montaigne residierte und dass man von den straßenseitigen Zimmern des gegenüberliegenden Hotels Plaza Athénée manchmal sehen konnte, wie sie auf dem breiten Steingeländer ihres Sonnenbalkons im Stehen Patiencen legte, bis eine Bö ihr das Vergnügen verpatzte und sie offenkundig absichtlich, aber dennoch mit einem kleinen Schrei des Erschreckens, die Spielkarten auf die vier Stockwerke tiefer befindlichen Passanten und Automobile trudeln ließ.

Die Anwesenheit der Garbo schien Tom um einiges schwerer begreiflich, aber gerade der Umstand, dass die Zeitungen häufig von der Animosität der beiden Diven berichtet hatten, konnte ein Indiz für die Wahrheit des genauen Gegenteils sein. Vielleicht waren sie es selbst, die vergnügt Schauergeschichten über ihren Zwist in die Welt setzten. Zwei vertrackte lachsüchtige Frauenzimmer, die ihrem Jahrhundert zuweilen Diamanten auf die Augen gelegt hatten.

Eine tiefempfundene, unerklärliche Freude erfasste Tom, und er dankte seinem Gott für die zerrissene Hose und die Lächerlichkeit, derer er sich soeben schuldig gemacht hatte. Plötzlich wusste er, dass diese unsterblichen Heldinnen, Marlene und Greta, sein wundersames Geleit waren auf dem letzten Schritt in ein neues, noch verwirrenderes Leben.

(1985)

VOM WIRKLICHEN LEBEN

I

Der Himmel hatte ein tiefes, merkwürdig strenges Blau. Darunter lag über Hügel verstreut der Ort. Darin trug Barbara die Kübel in den Speisesaal der Anstalt. Die Anstalt war voll kranker Kinder. Die kranken Kinder waren aber nicht tatsächlich alle kranke Kinder. Es gab auch Kranke, die bereits alt waren und deren Krankheit neben anderem darin bestand, dass sie aussahen wie kranke Kinder. Die Bewohner des Ortes hielten die Bewohner der Anstalt für Besessene und deren Pflegepersonal und Ärzte für eine Art Teufelsaustreiber. Manchmal drang Musik aus der Anstalt. Dann sagten die Bauern: »Jetzt tanzen die Narren«; und war nachts ein Gebrüll zu hören, dann schlugen die Ängstlicheren unter ihnen ein Kreuz.

Ein- oder zweimal im Monat gingen die Bewohner der Anstalt aus. Über die Felder dem Tannenwald entgegen. Mitunter blieben sie stehen, dann wurden je nach Witterung eine Schneeballschlacht veranstaltet, die Bundeshymne gesungen oder aus Moos kleine Kathedralen gebaut. Man warf auch Holzstücke nach Vogelnestern, trank Quellwasser und probierte das Echo aus.

Barbara schaute der aufgeregten Prozession, wie immer, lange nach, schloss dann das Fenster ihres kleinen blumen-

und fotografiengeschmückten Zimmers und schrieb einen Brief an die Tante in der Stadt. Darin erzählte sie von ihrer Arbeit als Hilfsköchin und dass die Kranken, für die sie das Essen bereite, sogenannte »Mongoloide« seien und alle besonders freundlich, ja eigentlich viel liebenswerter als beispielsweise die Leute auf der Post oder bei der Molkerei, mit denen sie zu tun hatte. Sie schrieb ferner, wie sehr sie sich auf ihren sechzehnten Geburtstag in sechs Wochen freue und sie danach bestimmt bald nach München auf Besuch kommen werde, um zu staunen, denn eine Million in Geld könne sie sich schon nicht vorstellen, aber eine Million Menschen, das müsse ja eine Schlacht sein, ein Jüngstes Gericht, wobei jeder jedem auf die Füße trete.

Nach etwa zehn Minuten hatte ihre sehr runde, leicht nach rechts geneigte Schrift das karierte Blatt Papier gefüllt. Sie schloss mit Grüßen an den »berühmten Föhn« und legte ein vierblättriges Kleeblatt bei, das sie vor drei Tagen auf der Wiese hinter dem Gemüsegarten gefunden hatte.

Es klopfte. Vor ihrer Türe, auf dem kühlen Gang, stand der Oberpfleger, ein etwas schief gewachsener Exilungar, dessen schwarzgefärbtes Haar ihn um jene Anzahl Jahre älter wirken ließ, um die er durch ebendiese Verstellung jünger zu scheinen hoffte. »Jemand ist soeben angekommen, helfen Sie bitte freundlicherweise beim Kofferauspacken.« Herr Zoltan behandelte jedermann ausgewählt höflich, und manche seiner Untergebenen hielten ihn deshalb für einen ehemaligen Heiratsschwindler oder Scheckbetrüger. Für Barbara war er »der Ausländer«; und wenn sie ihm begegnete, sah sie Wüsten und Schneestürme vor sich, dreiköpfige

Bären und wuchtige Elche. Sein Gesicht empfand sie als Reise in große Abenteuer, und dabei war er in Wirklichkeit nur ein dienstbeflissener, ungeselliger Kleinbürger mit großer Angst vor der Pensionierung, die ihn der Dienstwohnung berauben würde. Barbara ging in den Saal III und wurde von den etwas verlegenen Eltern des neuen Pfleglings mit Händedruck begrüßt. »Das ist nur die Barbara«, erklärte der Anstaltsdirektor. »Eine Hilfsperson«, und man sah den Eltern an, dass sie nach einer Möglichkeit suchten, den vergeudeten Händedruck rückgängig zu machen.

2

An ihrem sechzehnten Geburtstag, dem 9. August, kündigte Barbara und ließ sich auch durch allerlei großzügige Versprechungen von Seiten des Direktors nicht umstimmen. »Zwingen kann ich Sie ja nicht, und fleißige Bauernmädel, die eine gute Stellung suchen, gibt's zu Hunderten«, log er sich schließlich einen schroffen Abgang.

Nach Ablauf der gesetzlichen Vierzehn-Tage-Frist packte Barbara ihre Habseligkeiten in einen Karton, verabschiedete sich bei jedem der Kranken mit einem Malzbonbon und ging fröhlich, ohne auch nur ein einziges Mal zurückzuschauen, zur Autobusstation, von wo sie mit einem alten, schlecht gefederten Vehikel sechs Stationen weit zum See fuhr. Der See hatte auch einen Namen, aber da es in der Umgebung keine andere so große ständige Wasseransammlung gab, nannten ihn alle nur: See. Bis auf die Fischer, die »er« sagten. »Er wird heut net viel hergeben«; am Morgen, und wenn sie spät mit gutem Fang heimkehrten: »Er war gscheit. A Freind war er.« Barbara nahm im billigsten Wirtshaus Quartier, und als sie die Promenade entlangspazierte, in ihrem einfachen, selbstgenähten Dirndl, wusste sie, dass es der Kaiserin von Persien in diesem Augenblick nicht besser gehen konnte und der Königin von England auch nicht und niemandem, überhaupt niemandem. Kleine, hellgrüne Wellen brachen sich am Landungssteg für Motorboote. Ein leichter Wind griff in die Rotbuchen und verwandelte die zahlreichen Fahnen vor dem Hotel Excelsior zu vorsichtigen Tänzerinnen in leuchtenden Kostümen. Einem teils gedruckten, teils handgeschriebenen Anschlag entnahm sie, dass für den Abend ein Kurkonzert angesetzt war, und beschloss, es selbstverständlich zu besuchen. Sie mochte Musik und wollte sich demnächst ein Kofferradio anschaffen. Ihr Vater immerhin hatte leidlich Zither gespielt, und ihre Großmutter mütterlicherseits war auf der Blockflöte eine richtige Meisterin gewesen. Sie hatte sogar im Testament verfügt, dass ihr das Instrument in den Sarg beigelegt würde. Barbara dachte fast nie an ihre Familie. (Sie hatte den Begriff und die dazugehörigen Personen weit ins Vergessen gedrängt, seit dem entsetzlichen 17. Februar vor drei Jahren. Damals war in der Nacht die große Lawine über das elterliche Gehöft gestürzt und hatte alle erstickt. Barbara, die wegen einer Blinddarmoperation im Kreiskrankenhaus lag, erfuhr davon erst aus der Zeitung. Fortan konnte sie keine Zeitungen mehr lesen, ohne Angst und ohne ein leichtes Zittern ihrer Hände zu bemerken.)

Langsam zog Dunkelheit auf. Im See spiegelten sich die Laternen der Promenade. Der Springbrunnen bildete immer neue, ineinandergreifende Formen, die von Scheinwerfern unterstützt wurden. Barbara aß zwei Krapfen und etwas türkischen Honig. Die Verkäuferin erzählte, dass beim Genuss von Wurstsemmeln besondere Vorsicht geboten sei. Man müsse die beiden Hälften zur Kontrolle auseinanderheben, da vor wenigen Tagen eine Touristin aus Hamburg von einer Biene in den Gaumen gestochen wurde. Das Tier war in die Semmel hineingekrochen und mit dem ersten Biss in den Mund gelangt. Barbara lachte und sagte: »Schrecklich.« Sie fühlte sich heute unverwundbar, und wenn sie einen Kopfsprung in ein leeres Bassin gewagt hätte, von irgendwoher wären Engel erstanden, um sie zu behüten. Der Mond war von Schleiern umgeben, wie Darstellerinnen alter Filme. Eine Oboe legte traurige Töne aus. Bald mischten sich darunter Geigen, Klarinetten und zwei Trompeten. Im Musikpavillon stimmte man die Instrumente. Frauen mit Wolltüchern um die Schultern gingen neben Zigarren rauchenden Männern. Kinder warfen Steine in das graue Wasser und liefen manchmal unvermittelt zehn Meter vor und zurück. Alles erinnerte an eine sehr fröhliche Trauergesellschaft, und Barbara folgte ihr bis zu den Bänken des kleinen botanischen Gartens, in dessen Mitte die Musikanten unter der Holzkuppel merkwürdig ächzende Melodien spielten. Sie setzte sich in die Wiese, schloss die Augen, als würde sie eine Züchtigung erwarten, aber sie dachte nur: »Diesen Tag kann mir keiner mehr wegnehmen. Der war schön.« Ein Platzregen veranlasste die meisten Zuhörer zu flüchten. Das

Potpourri wurde vom Dirigenten, der Lehrer an der Volksschule sein mochte, nach kurzem Zögern abgebrochen. Barbara bohrte ihre Finger in den feuchten Boden, hob Gras und Erde in die Höhe, ließ es über Gesicht und Kleid rieseln, verschmierte es anschließend, wie die Patienten der Anstalt es manchmal mit ihrem Kot machten, und sang: »O Herr, ich bin nicht würdig, dass du eingehst unter mein Dach, aber sprich nur ein Wort, und meine Seele wird wieder gesund.«

Der Bassgeiger, der gerade die Leinenhülle über sein Instrument zog, hielt Barbara für eine Verrückte, aber verheimlichte diese Beobachtung, da er in keinerlei Amtshandlung verwickelt werden wollte.

3

Am darauffolgenden Vormittag erwachte Barbara aus tiefem, erholsamem Schlaf. In einem Traum hatte sie sich schuhputzend gezeigt. Die schwarzen Lackstiefel des Oberpflegers bearbeitend, während dieser mit einem Blechkanister im Scherbenhaufen nach Forellen fischte. Die Handlung ergab keinen augenfälligen Sinn. Jetzt klopfte es heftig an die Türe. Barbara war erstaunt, dass die großen Vögel nicht erschrocken vom Boden aufflogen, dem Licht entgegen, sich an den geschlossenen Fenstern blutig stießen und wie faule Früchte aus Bäumen niederstürzten. Aber die Vögel waren zerknüllte Kleidungsstücke, und Barbara rieb sich tatsächlich die Augen. Sie erkannte die zahlreichen, ungleichschenkeligen Dreiecke, welche das Muster der Tapete bildeten. Sie unterschied das verwaschene Blau des Bettüberzuges von den Schmutzrändern ihrer Fingernägel. Die spagatfarbene Oberfläche des Fauteuils von der Milchglasseifenschale auf dem Waschtisch. Als sie sich erhob, fielen ihre Haare theatralisch vor die Aussicht. Dem Gesicht bildeten sie ein unerwartetes Halbdunkel.

Barbara war nach wie vor die ehemalige Magd, die Waise, das Mädchen inmitten des ersten Abenteuers. Aber ein wenig musste sie lachen, weil sie so ganz ohne Pläne am Ufer des Sees aus dem Fenster starrte und gar nichts vorauszuwissen war. Ein Raddampfer stieß Rauch unter die hohen Wolken. Das grüne Wasser erinnerte Barbara an einen Eisenbieger, den sie vor nicht allzu langer Zeit im Wanderzirkus »Belli« gesehen hatte. Stark wie der Eisenbieger war das Wasser. Und was es alles tragen konnte: Bojen, Segelboote, Gummitiere, schwimmende Sommerfrischler, Seerosen und den Raddampfer »König Ludwig« mit seinen Passagieren und dem Kapitän mit der weißen Schirmkappe und dem alten Kaffeefleck auf der Hose.

Barbara beugte sich etwas vor, so dass der Briefträger, der auf den Gasthof zuging, ihren Oberkörper sehen konnte. Ihre großen, tiefliegenden Augen. Die blasse, im Widerspruch zu ihrer gesunden Lebensführung stehende Farbe ihrer Haut. Die wie zwei sehr kleine, sich spiegelnde Wellen wirkenden Lippen. Den Haarflaum ihrer angewachsenen Ohrläppchen. Den etwas zu kurzgewachsenen Hals mit den fünf Muttermalen, die in ihrer Anordnung dem Sternbild des Großen Wagens ähnelten. Die genau ein J bildende, nahezu griechische Statuennase. Schmale, von Küchenarbeit rote Hände mündeten in Arme, deren Adern gut sichtbare Schnüre zu den abfallenden Schultern legten. Barbara war zweifellos schön, allerdings in einer Weise, die sich dem Betrachter nicht anbiederte; die wie alle wirkliche Schönheit schwierig war, sich erst nach langem preisgab.

Inzwischen hatte sich Barbara gewaschen und mit einer hellbraunen Schnürlsamthose, der alten rostroten Bluse und Sandalen bekleidet. Sie kaufte am Obstkiosk Haselnussschokolade und steckte die blaue Papierschleife in die Geldbörse, da die Schokoladenfabrik für jedes Kilogramm gesammelter Etiketten zehn DM an das katholische Missionswerk in Afrika überwies. Ein Rettungsauto fuhr ohne zu blinken und zu hupen sehr langsam in Richtung Strandbad. Aus den offenen Fenstern der Häuser drangen Düngemittelempfehlungen des Landfunks. Der ganze Ort schien den gleichen Sender eingestellt zu haben.

In dem Feld hinter der Kirche erregte ein großer Krater Barbaras Aufmerksamkeit. Wie ein Grab für den ganzen Friedhof sah er aus. Etwa sechzig Meter im Durchmesser und zehn Meter tief, voll mit Disteln und Sauerampfer bewachsen. »Entweder eine Fallgrube für Mammute oder ein Meteoreinschlag«, dachte Barbara. Im selben Moment rief ein Kuckuck, und aus der Ferne hörte man die Motorsäge der Bootswerft Amannshauser. »Wer sind Sie?«, fragte ein Mann, der wie ein Jäger aussah, dem sein Gewehr abhandengekommen war. Und als er keine Antwort erhielt: »Sag doch was, hörst du mich nicht?« »Freilich hör ich dich«, schrie Barbara, »ich bin ja nicht taub. Wieso will plötzlich jemand etwas von mir wissen? Hat mich schon einmal wer gefragt, ob ich lebe, ob ich sterbe, ob ich schlafe, ob ich essen kann vor lauter Angst und Verlassenheit? Hat mich schon einmal wer gefragt nach meinem Glück, nach meinem Herrgott, meinem Heimweh, meinem Leib, meiner Seele? Was? Wann? Und jetzt, jetzt auf einmal fragt mich wer?! Nein! Jetzt sag ich nichts mehr.«

Mit dem letzten Wort ließ sie sich wie eine Kunstspringerin in den Krater fallen und schlug wimmernd auf. Der vermeintliche Jäger zögerte, ehe er tänzelnd hinter den Eiben und Ulmen verschwand, die nach der ersten Berührung mit seinem Gewand in violetten Flammen standen.

(1976)

DER ÄQUATOR AM RAND DER ARKTIS

Im Tropensaal des Schönbrunner Palmenhauses lernte ich als Zwölfjähriger einen Riesen kennen. Auf der weißen Holzbank unter den orchideenüberhangenen Bananenpalmen saß er und blätterte im Schulatlas für Hauptschüler. An seinem Gesicht sah man, dass er in etwa so alt war wie ich, aber seine Statur ähnelte jener des Herrn Gulliver, der im Zirkus Rebernigg Hufeisen mit den Zähnen bog. Neugierig fragte ich ihn nach seinem Namen. »Der Gattinger Leopold bin ich, und dass du's gleich weißt, mein Vater ist Portier bei den Ausgestopften.«

Ich wusste nicht, was dies bedeuten konnte, aber als Freund schien mir der Leopold sofort begehrenswert und mit Sicherheit eine Verstärkung für die Sonntagsraufereien gegen die Della-Lucia-Bande vor dem Pfarrheim. Jetzt erschien meine Erzieherin, die einige Minuten ungläubig fleischfressende Pflanzen beobachtet hatte, und schrie: »Sapperlot, keine Gespräche mit Maroden! Du wirst dich noch anstecken und ich deshalb die Stellung verlieren!«

Tatsächlich versuchten immer wieder Asthmatiker, Keuchhustende und Verkühlte aller Variationen, in der feuchtheißen Luft des Prachtgewächshauses ihre Leiden zu mildern. Dies führte unter anderem zu dem heiteren Ergebnis, dass die Papageien und Beos, die in großen Käfigen zwischen den australischen Baumfarnen lebten, kein einziges Wort sprachen, aber vom zarten Räuspern bis zum schweren Aufrotzen alle Zwischentöne der Lungenkranken vollendet imitierten. Neben Leopold saß eine blasse Frau. »Tuns mein Buam ka Unrecht«, sagte sie. »Er wachst zwar wia a Giraffn, aber gsund is er wia a Ochs.«

Einer Freundschaft stand also medizinischerseits nichts mehr im Wege. Ich lud ihn für übermorgen in unsere Süßwarenfabrik ein, wo er sehen konnte, wie man aus alten Schokoladeosterhasen neue Nikolause herstellte, indem die Löffel zu Bischofsmützen mutierten. Im Gegenzug nahm er mich auf einen nächtlichen Geheimspaziergang an den Arbeitsplatz seines Vaters mit: in das Naturhistorische Museum.

Dies also ist die ausgestopfte Welt, dachte ich. Mitten in Wien, nur wenige Schritte von Hofburg und Parlament, Oper und Volksgarten entfernt. Eine steinerne Arche Noah voll der Nashörner und funkelnden Käfer, Mambas und Kondore, Quallen und Elche. Ein Depot der Erinnerungen an Gottes schönste Werke aus seiner manischen Phase. Gefiedertes und Gepanzertes, Glattes und Schuppiges, Flauschiges und Stacheliges. Präparierte und skelettierte Bewohner der Wüsten und Wälder, der Ebenen und Gipfel, des Wassers und der Lüfte, denen, wie ich später lernte, Kaiser Franz Joseph 1857 an der Ringstraße eine endgültige Heimat zugewiesen hatte. (Spiegelgleich übrigens jener für die Werke der Maler und Bildhauer, als seien Kunst und Natur eineiige Zwillinge.)

Leopold führte mich behutsam am Arm, denn die Räume

waren unbeleuchtet, und nur von den Laternen um das Maria-Theresien-Denkmal sickerte durch die hohen Fenster ein wenig Helligkeit. Wir berührten Versteinerungen und Saurierknochen, hielten Andacht vor großen Kristallen aus Rosenquarz und drängten unsere Schatten in jene von Walen und Alligatoren.

Es war die erste Expedition meines Lebens. Eine Reise zum österreichischen Äquator am Rande der Arktis. Zuletzt öffnete mein Freund eine Lade, worin die Mumie einer ägyptischen Prinzessin verborgen war, und sang dazu das Lied von den Königskindern, die zueinander nicht fanden, weil eine falsche Nonne andere Pläne hatte.

Als ich gegen Mitternacht nach Hause kam, war die Erzieherin wegen meiner unentschuldigten Abwesenheit vor Besorgnis derart betrunken, dass sie über ihrem Bademantel den Frack meines Vaters mit all seinen Orden aus zwei Weltkriegen trug. »Wo warst du, Bestie?«, schluchzte sie.

»Überall auf Erden«, antwortete ich. »Wirklich überall.«

(1997)

EIN ORT DER SELBSTVERSTÄNDLICHEN TÄUSCHUNGEN

Als ich 1960, auf Empfehlung meines Zeichenlehrers, das erste Mal das Dunkel der Hawelkawelt erblickte, war ich dreizehn Jahre und wurde augenblicklich von einer fliegenpilzähnlichen alten Dame an ihren Stammtisch gezwungen.

»Mein Name ist Tanja Tschuppik. Mein Mann war der Bruder des Chefredakteurs des Prager Tagblattes. Ich besitze Originalbriefe von Franz Kafka. Das schöne Mädchen Ihnen gegenüber ist die Tochter des Malers Hollitzer.« Das »schöne Mädchen« war auch schon hoch in ihren Siebzigern und erklärte ohne weitere Vorwarnung, dass ihr Vater immer schon geweissagt habe: »Aus dem unbegabten Kokoschka kann nix werden und so is es schließlich auch gekommen. Alle kennen heute Hollitzer, aber zeigen Sie mir zehn Leute, die noch von Kokoschka wissen.« Ich war einigermaßen überfordert, log, dass ich siebzehn und Dichter sei, an einem Roman »Was das Kind wissen soll!« arbeite und in wenigen Tagen eine Forschungsreise mit der Transsibirischen Eisenbahn anzutreten gedächte. »Wenn die Herrschaften mir liebenswürdigerweise Ihre Adressen bekanntgeben, werden Sie bald Post aus Wladiwostok erhalten.«

Alle glaubten mir. Ich war offenbar an einem Ort der selbstverständlichen Täuschungen. Später hatte ich oft das Gefühl, dass diese ersten Minuten meiner Bekanntschaft mit dem Buchtelolymp bereits alle wesentlichen Zutaten künftiger hawelkanischer Nächte enthielten: das Geschichtenerzählen, den Selbstbetrug, die Erinnerungssüchtigkeit, das Kritisieren, das Sich-Stilisieren.

Die Dorotheergasse 6 beherbergt ebenerdig hauptsächlich Leute, die nicht gehalten haben, was sie sich von sich selbst versprachen. Eine Vereinigung der Gescheiterten ist es, die sich mit mehr oder weniger großem Aufwand ihr eigenes Scheitern zu verheimlichen sucht – und Trost im Scheitern des anderen findet. Beim gütigen Ober gilt man allerdings als das, was man beinahe geworden wäre. Ihm sind Schein und Sein eins – und er kann sich seine Gäste als Bewohner der wirklichen, undunstigen Welt ebenso wenig vorstellen wie jene sich ihn ohne Smoking und speckiges Mascherl.

Das Hawelka ist keine Weltanschauung, wie es der Überlieferung nach das Central, das Herrenhof, das Griensteidl gewesen sind, es ist ein Fundamt, in dem sich die Verlorenen selbst abgeben und sehnsüchtig auf jenes entgegen allen geometrischen Gesetzen am Rande, ja beinahe schon in der Küche gelegene Epizentrum blicken, in dem die selten auftretenden Originalkünstler ermattet, wie in einem Seelenlazarett, ihre Kunstwunden lecken. Milan-Tisch heißt dieses Epizentrum in der Haussprache (nach einem berühmten Schwarzhändler, der dort in der Nachkriegszeit seine Devisengeschäfte abwickelte). Ich habe für den ganzen, unvorstellbar mühseligen Weg vom Anfängertisch, vor der Telefonzellentür links neben dem Eingang, zum fünf Meter Luftlinie entfernten Milan-Tisch, links von der Anrichte, etwa sechs Jahre gebraucht – mit langen, erlebnisreichen Zwischenaufenthalten am Spiegeltisch, Kammerltisch, Jaukertisch (weil dort einmal einer saß, der den Ober immer zur Eile antrieb), am Uhrtisch und am Schachtisch. Die meisten verlässt auf dieser Mammutreise die Kraft und der Mut. Meine Sekundantin auf Durststrecken war allerdings Josefine Hawelka persönlich. »Der Herr Canetti ist auch nicht immer der Herr Canetti gewesen. Geduld, aus Ihnen wird was, das spür ich, Herr Heller.« Die hat schon an mich geglaubt, als meine Familie noch auf meine Matura bestand, »weil man ohne der nicht einmal bei der Polizei etwas werden kann«.

Ich gehe, und dies sei hier ausdrücklich festgestellt, nach dem Tod meiner unersetzlichen, geliebten Stammtischfreunde Kurt Moldovan und Gerd Marquant vor allem wegen der Frau Hawelka ins Hawelka. Wenn sie nicht da ist, schmeckt mir der Apfelschalentee nicht, sitzen die Pointen schief, brennt mir der Rauch plötzlich in den Augen. Ihre »Der Dampf, der Dampf, der Dampf«-Monologe beim Abschalten der Kaffeemaschine gehören zum Wertvollsten, was die österreichische Stegreifkultur je hervorgebracht hat, und die Beobachtung ihres einsamen Ordnens der blauen und roten Bestellbons – als würde die Gesellschafterin einer schlafenden Kaiserin Patiencen legen – stimmt mich oft, lange nach der Sperrstunde, feierlich. Wenn ich verzweifelt bin, weiß sie es, nimmt stumm meine Hand oder kocht mir kommentarlos ein Kompott. Sie ist schlagfertig und klug, barmherzig und mutig. Gott schütze sie, dann sind auch wir beschützt!

(1974)

RAUBKATZENMUSIK

Ich war als Kind Ministrant. In der Pfarre Hietzing im 13. Wiener Bezirk. Ministrieren erschien mir damals die beste Möglichkeit, wenigstens stundenweise auf der Seite des Theatralischen und Geheimnisvollen eine Funktion zu haben. Hätte es eine Weltmeisterschaft im Händefalten und unverzitterten Kniebeugen gegeben, ich wäre wahrscheinlich unter die ersten sieben gekommen. An den katholischen lieben Gott habe ich allerdings nicht geglaubt, zumindest nicht mehr, nachdem 1954 die Dallmayer Friederike beim Pfänderspiel trotz meiner innigen Gebete nicht von mir am Rücken gekrault werden wollte, sondern vom Litzi Erwin. Aber ich glaubte an die heilige Maria. Die war nämlich immerhin zweimal unserem Stubenmädchen beim Bügeln erschienen. (Auch als das blasse Fräulein Knoth dann schon lange in der Nervenheilanstalt lebte, habe ich ihre Visionen noch für wahr gehalten.)

Der heiligen Maria zu Ehren wurden Maiandachten veranstaltet. Da war die Kirche voll von verzweifelten Frauen, die ihre Männer durch den Naziwahn in Russland oder anderswo verloren hatten und mit ihren Händen, als eine Art letzten Halt, Rosenkränze umklammerten. Sie schienen fast alle in einer Trance der Melancholie gefangen und starrten mit einem eingeschüchterten Ausdruck vor sich hin, der mir Angst machte. Ich dachte, dieses Starren sei die wahre

Frömmigkeit und alle wahrhaft Frommen wären dementsprechend etwas Ähnliches wie Totgänger.

Eines Abends hatte der Pfarrer, nicht ganz freiwillig, einen Organisten aus Frankreich eingeladen. Der etwa dreißigjährige Mann sollte zweimal während der Andacht auf der Orgel der Kirche improvisieren. Genau entsinne ich mich, dass es sich um den Bruder eines einflussreichen Besatzungsoffiziers handelte und dass er in der Sakristei zu unserem Entsetzen vor seinem Auftritt einen Schlager von Charles Trenet schmetterte. Ich war gerade damit beschäftigt, die Kohle im Weihrauchfass zum Glühen zu bringen, da sagte der Mesner, ebenso schmetternd, zu dem Musiker den einzigen ein wenig französisch angehauchten Satz, dessen er mächtig war: »Le bœuf: der Ochs, la vache: die Kuh, ferme la porte: mach's Türl zu!« Der Angesprochene antwortete geistig ebenbürtig mit dem wienerischen Wort »Habediehre«. Dann verließ er uns in Richtung Chorgestühl, und die marianische Stunde konnte beginnen. Bald, mitten hinein in die ersten lateinischen Äußerungen des Pfarrers, füllte sich die Kirche mit den Klängen von Unerhörtem. Der Franzose hatte rücksichtslos zu spielen begonnen. Eine Raubkatzenmusik war es. Dröhnend und fauchend, grollend und brüllend. Immer bedrohlicher und raumgreifender wurde sie. Es gab keine klare Melodie, nur wie willkürlich aus einem großen Ganzen herausgerissene Kompositionsfetzen. Die Orgelpfeifen schepperten vor Überanstrengung.

Ich dachte: Ein Abgesandter der Hölle hat sich der himmlischen Tröstungen bemächtigt. Der Pfarrer am Hochaltar drehte sich kalkweiß in Richtung Empore und schrie: »Einhalt! Ich fordere Einhalt!« Aber nichts dergleichen geschah. Der Franzose drosch weiter auf die Klaviaturen, riss an den Registern und stieß die Pedale. »Jeden Augenblick wird die Orgel bersten«, fürchtete ich. Die bedrückten Trancefrauen waren hochgeschreckt und zischten empört. Eine unter ihnen, die Witwe eines Pferdefleischhauers, bei der ich gelegentlich Leberkässemmeln kaufte, lief nach vorn zur Kommunionsbank und flehte mit hysterischer Stimme: »Joschi, mein Joschimanderl, steh auf aus deinem Grab in Stalingrad und rette uns in dieser großen Not.«

Der Pfarrer schrie: »Schluss mit den Blasphemien!«

Plötzlich trat eine Stille ein, als wäre das Gebrause mit einem riesigen Messer abgeschnitten worden. Fast eine Minute blieben wir unbeweglich. Niemand wusste, was er tun sollte. Dann war ein Kichern zu vernehmen und das Herabsteigen des Organisten auf der knarrenden Holztreppe, die den Balkon mit dem Parterre verband. Viele drehten sich nach dem Franzosen um. Jetzt blieb er neben dem Taufbecken stehen und rief: »A bientôt!« Das Nächste, das ich sah, war, dass er durch das Haupttor ins Freie trat. Auf und davon.

Ich schwenkte ein wenig verlegen das Weihrauchfass.

Der Pfarrer sagte: »Möge der Herr uns von der Willkür der Besatzer befreien. Wir aber wollen jetzt alle mit Gottes Segen nach Hause gehen und diesen Vorfall vergessen.« Das mit dem Vergessen ist mir nicht gelungen.

(2000)

GEDÄCHTNISPASSAGIERE 1

Der Schnee kommt von überall. Aufdringlich wie ein Rosenverkäufer in einem Animierlokal. Seit Tagen drängt gefrorener Sturm an die Figuren und Versatzstücke auf dem Platz vor dem zweistöckigen Haus. Für viele ist es das richtige Wetter. Sie atmen tief und bewusst, spazieren am frühen Nachmittag zu den Ziegelteichen am Rande der Stadt und beobachten die Schlittschuhläufer. Die Dame ist daran nicht interessiert. Ihr Winter heißt lesen. Die Vorhänge zu einer Dämmerung geschoben, die Geräusche aus der Wohnung darunter, seit langem zur Stille zählend, gleitet ihre rechte Hand über Geschichten, die in den Büchern liegen. Auf einzelnen Buchstaben drückt sie mit der Daumenkuppe, als hole sie eine Tablette aus der Schutzfolie. Der Dame geht es gut. Sie hat die Zufriedenheit einer Reisenden nach zahlreichen Varianten des Abschieds von einer Person, die bis zum letzten Augenblick im Coupé oder auf dem Bahnsteig ausharrt. Die Dame ist allein. Spürt das Schlagen ihres Herzens an jener Stelle ihrer Schläfe, die der Tapetentüre zum Schlafzimmer am nächsten ist. Das Mobiliar der weiten herrschaftlichen Räum erinnert an den Ballast eines Expeditionsballons, auch an schlafende Schäfer in einem Mysterienspiel. Es ist ein Schauen in eine alte Zeit. Und die Adern der Elektrizität, die Steigleitungen der Wasser- und Gaswerke, die Telefonanschlüsse wirken trotz aller Tarnung grell und überflüssig. Es gibt Anhaltspunkte, dass an diesem Ort merkwürdige Szenen stattfanden: Liebesgeschichten, grobe Bösartigkeiten, auffahrende Akteure, die auf Abweisende trafen, Hochmütige auf Schicksalsergebene. Die Anhaltspunkte hierfür sind das völlige Fehlen von Spuren, diese rigorose Säuberung von Erinnerungsmateriealien. Selbst die Dame liest anstatt zu schreiben. Hier ist alles unglaublich würdig.

(1969)

RATSCHLAG FÜR REISENDE

Natürlich ist Venedig das verblüffendste Kunststück unter den Städten Europas. Aber es raubt seinen Besuchern den klaren Verstand, und für Stunden werden sie eins mit dem fliegenden Löwentier, dem der Himmel über St. Markus gehört. Wenn sie danach zurückkehren in die Orte, die ihr Zuhause sind, erinnern sie sich an sich selbst wie an Kalifen oder andere Rätselfiguren, die zwischen Orient und Okzident unablässig mit sehnsüchtigen Lippen das Wort Azur formen, und es packt sie ein Katzenjammer, weil sie sich erlebten, wie sie von jeher und für immer sein wollten, aber nie über Augenblicke hinaus sein können.

Wer hingegen Lissabon als Ziel seiner Reise wählt, darf sich Sammlung erwarten und Aufschluss über die wahren Möglichkeiten seiner Seele. Kein Mensch wird in Lissabon einen Schwur tun, den er in Prag oder Bern nicht halten kann.

Venedig ist, geben wir es einmal zu, auf Meineiden verwirrter Liebender gebaut und eine Art von trügerischer Flickschusterei der hoffnungslosen Beziehungen.

Lissabon nenne ich den Ort der klugen Abschiede. Wer das große Kastell besucht, das der schwermütigen Hauptstadt Portugals als steinerne Krone dient, wird mit einiger Wahrscheinlichkeit Pfauen beobachten können. Auf den breiten, gekachelten Mauervorsprüngen halten sie Parade, und manchmal verbünden sich zwei oder drei von ihnen zu einem an Raserei gemahnenden Singen, das in die steilen Wege der Alfama dringt und auf unerklärliche Weise den Passanten das Lügen austreibt. Nachts noch und auch nach Jahren bleibt der Gesang der Pfauen im Ohr derer, die es einmal gehört haben.

So hält Lissabon ein reinigendes Vermächtnis für jene bereit, die Venedig entsagen.

(1989)

WAS EINEM UNGARN IN WIEN BEGEGNEN KANN

Als der Rechtsanwalt Arpad Konyiot gegen 23 Uhr im Café Hawelka in der Wiener Dorotheergasse eine Schale Schokolade mit Rum trinken wollte, war das Lokal derart überfüllt, dass er lediglich nahe der Toilette an einem sogenannten Zweiertisch Platz fand. Ein ihm unbekanntes Fräulein saß bereits dort und schaute ihn an, wie er es bei gewissen Geschworenen beobachtet hatte, die sich darin suhlten, dass die Zukunft eines Angeklagten ihren Launen unterworfen war. Stumm zupfte sie Hautteilchen von ihrem Daumen und schaute beinahe ohne Wimpernschlag viele Minuten, ehe sie die Augen senkte und gleich darauf schloss.

Jetzt schaute nur noch der Rechtsanwalt, und auch er hatte die Augen vor der Wirklichkeit des geschäftig summenden Raumes geschlossen. Was er sah, waren erinnerte Bilder. Als erstes das des Hochstaplers György Talos, wie der knapp vor seiner Verhaftung in der Budapester Roxy Bar darauf bestanden hatte, zwei Flaschen Champagner gleichzeitig zu leeren, indem ein etwas kühlerer Tropfen jeweils mit einem weniger kühlen vermischt werden musste.

Da plötzlich sprach das Fräulein aus dem Hawelka etwas. Mitten hinein in die Roxy Bar: »Im Grund haltets ihr uns ja alle für Hurn«, sagte sie. »Aber ich steh nicht zur Verfügung. Zu lange warten darf man natürlich auch nicht. Es gibt keine Glückskinder, die nicht irgendeinmal erwachsen werden und sich ins Unglück auswachsen. Meine Mutter zum Beispiel war eine bezirksbekannte Schönheit und immer in einer Haupttrefferstimmung. Verehrer hat sie gehabt vom Notar gegenüber dem Landesgericht bis zum Pfarrer vom Mexikoplatz. Der hat sogar einmal für sie allein um Mitternacht eine Messe gelesen und dabei mit ihr zweistimmig vor dem Hochaltar im Angesicht der Monstranz ›Auch Du wirst mich einmal betrügen, auch Du, auch Du‹ gesungen. Aber keinem hat sie sich hingegeben. Nur immer auf einen noch besseren, noch gescheiteren, noch wohlhabenderen gewartet. Bis ihr auch der Letzte, der ihr nicht gut genug war, abhanden gekommen ist. Das Alleinsein hat ihr aber das Leuchten in den Augen stumpf gemacht. Und weil das Leuchten ihr Kapital war, hat sie schließlich mitten in der Haupttrefferstimmung alles verloren: die Hoffnung. Die Hoffnung auf die Hoffnung. Die Zähne. Zuletzt den Verstand. Also gut, ich hab mich selber überzeugt«, lachte das Mädchen schließlich etwas übertrieben. »Ich geh mit Ihnen nach Hause oder ins Hotel Orient, aber es kostet tausend Schilling Grundgebühr und alle Sonderwünsche extra.«

Arpad Konyiot wusste nicht recht, wie ihm geschah. Ihm war weder nach zu Hause noch nach Hotel, noch nach einem Mädchen. Ja, nicht einmal nach einer Antwort war ihm, und so schwieg er und schwieg in etwa so, wie sie zuvor geschaut hatte, und es wurde nichts aus den beiden. Und zwei Stunden später im Schnellzug nach Budapest dachte er schon lange an etwas ganz anderes.

(1988)

ALBERT

Über dem Wurstelprater war merkwürdiges Licht, in Form eines Heiligenscheines.

Die Huren mit ihren toupierten Perücken standen wie schmale, süßlich parfümierte Büsche zwischen den hohen, in der Luftbewegung lärmenden Alleebäumen.

Albert bedurfte einer heftigen Willensanstrengung, um nicht aus dem fahrenden Auto mit seinem Trommelrevolver auf die Frauen zu schießen. Denn vor allem waren sie Ziele. Regelmäßig vorkommende Herausforderungen.

(Der erste Mord muss sorgfältig vorbereitet werden. Er steckt den Rang des Täters ab. Bestimmt das Ausmaß der Angstträume, der furchtbaren Ruhelosigkeit und der Heimsuchungen durch Vater und Mutter, die alles so sehr anders gewollt hatten, aber dennoch ihren Sohn nie verleugnen würden.)

Albert überfuhr, ohne zu bremsen, eine schäbige Katze. Das Zerplatzen ihres Felles ließ er nicht als Etüde für Kolossales gelten. Er öffnete das linke Vorderfenster und sog an der Luft, als wäre sie eine riesige Zigarette. Schreie von Hochschaubahnfahrenden drangen von weit her über das Kopfsteinpflaster der Straße. Das berühmte Orchestrion beim Pferderingelspiel spielte scheppernd Verdis Gefangenenchor. Über allem war ein Duft von Gras und Blüten, die scheinbar Monate in ranzigem Öl geschmort hatten. Das ist der Frühling in Wien, dachte Albert. Schöne Vorstellungen waren in seinem Kopf. (Wie sich vor Jahrmillionen überall Ozean ausbreitete und unerklärlicherweise aus den Fächerkorallen der Rock'n' Roll gestiegen war. Das Salz in den Achselhöhlen musste eine Reminiszenz an vertriebene Meere sein. Das Wetter die misslungene Vorführung eines älteren Zauberers. Der Sommer ein freiwilliger Herr aus dem Publikum, dem Sonnen als Münzen aus der Nase fielen.)

Allein betrat er ein Stundenhotel. (Alle viertrangigen Absteigen Europas heißen »Astoria« und werden laut Türplakette vom königlichen Automobilklub der Niederlande empfohlen.) Der Portier gab ihm eine Zimmernummer, die so hoch war, dass Albert sie nicht im Roulette hätte setzen können. Wieder beschäftigte ihn der unausgeführte Mord. (Vom alten Picard wusste er, dass Raubtiere, die einen Fisch vertilgen, diesen beim Kopf zu packen pflegen – so werden die Schuppen des Opfers zurückgeschlagen und erleichtern den Weg. Die Zähne des Hechtes zum Beispiel sind mit den Spitzen nach innen gerichtet. Solange der Verschlungene sich dem Verschlingenden hingibt, ist sein Sterben leicht. Sträubt die Beute sich aber und versucht zu entweichen, stellen sich nicht nur die Zähne des Jägers dagegen, sondern auch die eigenen Schuppen und verursachen Schmerzen.

Albert wollte dem Tod gegenüber den Seelenzustand der Beute annehmen. Einer glückseligen, einwilligenden Beute.)

Langsam und gleichgültig, die Hände verschränkt, ging er im Zimmer auf und ab. Die Vorhänge waren aus Terylen, das Telefon ein versteinertes Ferngespräch nach Prag.

(1975)

»GÖTTERLIEBLING« (FÜR CHRISTINE DE GRANCY)

Das Wien meiner frühen Jahre, das ich ausführlich mit meinem Kindermädchen Gretel durchstreifte, war in hohem Maße kriegsbeschädigt und zeitweise von Klängen beherrscht, die mittlerweile fast alle für immer verloren sind. Zwischen den Bombenruinen, den Schutthalden, den von Granattreffern und Gewehrschüssen verletzten Häusern konnte man die Werberufe der Hadernmänner, Scherenschleifer und Kesselflicker hören, die vulgären Melodien der Werkelmänner, die wie Mantras tausendfach gemurmelten Klagen der Bettler und Hausierer, den Singsang von Lavendelweibern und die Dudler und Jodler von Straßenmusikanten. Morgens gegen fünf Uhr weckten mich die klappernden Hufe der Haflinger-Pferde, die den Molkereiwagen vorgespannt waren. Wenn sie vor Milchgeschäften Halt machten, schlugen bald die großen Blechkannen aneinander, die von schnurrbärtigen, mit Lederkappen und blauen Schürzen gekennzeichneten Männern ausgetragen wurden. Sowohl mit der rechten wie auch mit der linken Hand waren diese Kraftlackeln imstande, je eine randvolle Zwanzig-Liter-Kanne zu stemmen, und in ihrer Muskelpracht wirkten auf mich lediglich die Eisblocklieferanten noch einschüchternder, die den Wirtshäusern und manchen Privathaushalten, die keine Kühlschränke besaßen, mittels meterlanger Greifzangen imposante Riegel gefrorenen Hochquellwassers in einen mit Metallplatten isolierten Kobel neben der so genannten Speis legten. Ein dritter Herkules-Berufsstand waren die Möbelpacker und Klavierschlepper, deren jüngere Exemplare zumeist in ihrer Freizeit als Amateurringer in Sportvereinigungen ihre proletarischen Flammen und Gspusis zu wienerischen Kommentaren erster Güte animierten. Sätze wie »Du scheanglate Pissoirforölln, drah eam bitschibatschi den Kragn auf a Nullaweitn!« wirken bis heute belebend im Sprachzentrum meines Gehirns.

Es gab damals nicht allzu viele Motorfahrzeuge, und daher hörte man tagsüber selbst auf der Mariahilfer Straße oder auf dem Gürtel Vogelstimmen und nachts gelegentlich ein Käuzchen, das von einer Kastanienkrone oder einem Kirchenerker aus seine Wachheit verkündete. Die Schuhe der Passanten waren noch nicht mehrheitlich durch Gummisohlen gedämpft und schufen auf den Trottoirs einen harten Rhythmus. Im Herbst und Winter war mir das Poltern von Kohlestücken über Rutschen in die Keller der Zinshäuser vertraut. Auch das Einlagern von Brennholz hatte einen unverkennbaren Ton, der an ein knöchernes Xylophon erinnerte. In den Kirchen fanden viel häufiger als heutzutage Messen und Andachten statt, sodass regelmäßig Orgelspiel, Chöre, Fürbitten und Rosenkranzgemurmel durch die offenen Portaltore auf die noch nicht von parkenden Automobilen verschandelten Vorplätze drangen. Der Katechet hatte mich gelehrt, dass Gott überall zu finden war, im Armseligsten wie im Prachtvollsten, und dass diejenigen, die es wagten, ihn zu verleugnen oder nicht ausreichend zu ehren, mit teuflischen Strafen zu rechnen hätten. Dass Gott etwas Teuflisches zu tun bereit war, stärkte nicht gerade mein Vertrauen in ihn. Und der beim wiedererstandenen Bundesheer als Korporal tätige Liebhaber meines Kindermädchens erklärte mir, dass der Unterschied zwischen einem Suppenschöpfer und dem himmlischen Schöpfer unter anderem der sei, »dass einen der Herrgott jederzeit mit dem Blitz beim Scheißen treffen kann«. Aber eines Samstags fand ich in der Bibliothek meines Vaters ein Buch mit dem Titel »Liebling der Götter«. Ich hatte schon viel von Gott gehört, aber wer waren die Götter? Wo hielten sie sich auf, und was waren ihre Funktionen und ihre Eigenschaften, außer dass sie offenbar Lieblinge besaßen? Dann erinnerte ich mich an die Statuen auf den Dächern von Palais, prächtigen Gründerzeithäusern und öffentlichen Bauten in vielen Wiener Bezirken und dass die Frau Lehrerin Tauscher während des Heimatkundeunterrichtes manche davon als antike Gottheiten bezeichnet hatte. Von Stunde an fühlte ich mich bei meinen Innenstadtspaziergängen stets durch diese Götter beobachtet und begutachtet und fürchtete, sie würden, falls ich nicht zu ihren Lieblingen zählte, da sie mit Sicherheit meine Gedanken und Pläne lesen konnten, deren Verwirklichung zu vereiteln trachten. So beschloss ich, sie mir gewogen zu machen, und weil ich in »Fox' Tönender Wochenschau« gesehen hatte, wie die Balinesen Opfergaben in ihre Tempel trugen, stellte ich Mokkatassen gefüllt mit Erdäpfelsalat, Risibisi und anderen Essensresten in Hauseingänge der Wiener Götterwohnsitze. Bald darauf verstieß die Klicpera Trude aus der 3b in Erfüllung meines sehnsüchtigsten Wunsches den

Slama Freddie aus der Parallelklasse und wandte sich meiner aufgeregten Person zu. Seit damals wusste ich, dass auch ich bis auf Widerruf ein Liebling der Götter war.

(2003)

EIN RÖMISCHER FREUND

Wenn in der kalten Jahreszeit Nebel die Sonne fernhält, schrumpft das Südliche an Rom auf ein Häufchen Erinnerungen, und die Palmen und Agaven in den großen Gärten wirken wie das etwas zu leicht bekleidete, fröstelnde Empfangskomitee für einen Potentaten aus Sumatra oder Sansibar.

Paolo flüchtete dann häufig in Vergangenes. Zu dem nächtlichen Himmel beispielsweise, der ihm einmal über dem eineinhalb Jahrtausende alten Kloster Sankt Katharina auf Sinai erschienen war. Ausgesät mit Myriaden Lichtkörpern und hellen Schwaden, dem ein beinahe ununterbrochenes Fallen von Sternschnuppen die Wirkung eines fernen Feuerwerks gab. Paolo erinnerte sich, wie ihn damals auf dem mit Fackeln ausgesteckten Weg zu jener Stelle, an der Moses den brennenden Dornbusch gesehen hatte, ein dürrer Pope vor den Wirkungen des afrikanischen Firmamentes gewarnt hatte: »Ihr Europäer und Amerikaner wisst ja nichts über das Oben und Unten. Um die Wahrheit zu sagen: Euer Oben ist kraftlos und euer Unten ohne Geheimnis. Weil es die Spiegelung eurer Körper und eures Geistes ist. Euer ausschließlich dreidimensionales Dasein und eure Rationalität halten euch gefangen im Banalen. Und eure Lehrer und Intellektuellen sind so überaus stolz auf ihre Dummheit, und ihr baut ihnen zur Ermutigung dieser Dummheit noch Akademien und verleiht ihnen Nobelpreise. Eines der großen Geheimnisse, das der Menschheit vorenthalten wurde, ist die gute Macht und Herrlichkeit von Emotionen. Man hält euch vom Segen der Emotionen ab, indem man sie als weibisch, unkontrollierbar und vernebelnd verleumdet. Die Emotionen sind aber der wahre klare Kopf, denn sie verbinden euch mit eurem spirituellen Selbst. Wir bedürfen der Emotion, um das Nichtphysische zu verstehen, und wir bedürfen der Emotion, um lieben zu können. Liebe aber ist der Schlüssel zum Lebendigsein in dieser und aller Wirklichkeit. Der Himmel über der Wüste Sinai lehrt die großen Gefühle und unsere gleichzeitige Anwesenheit in vielen Wirklichkeiten. Dies war uns allen vor langer Zeit selbstverständlich, aber jetzt liegt es tief am Boden des Vergessens. Schauen Sie nicht zu lange und ohne Vorbereitung in die Erkenntnis dieses Himmels, sonst stürzt jäh das Erinnern über Sie und Ihre Nerven überdehnen sich. Hier werden uns jedes Jahr vier bis sieben Besucher verrückt.«

Dann zog der Mönch einen silbernen Flachmann aus einer der Falten seiner Kutte und bot Paolo Gin an.

An dieser Stelle möchte ich etwas anfügen, das mit Paolo, der meiner Fantasie entstammt, nichts zu tun hat. Mir fällt nur während des Schreibens dieser Erzählung ein, dass ich in der Landschaft von Sinai ein tatsächliches Abenteuer durchstehen musste, das zu den tiefsten Eindrücken meines Lebens zählt: Ich war mit ägyptischen Bekannten und meiner Geliebten nachts im Automobil unterwegs nach Sharm El Sheikh, um von einer mühsamen Arbeit in Gizeh einige Tage auszuspannen. Wir fuhren etwa zweihundert Meter vom Roten Meer entfernt auf einer schnurgeraden Asphaltstraße, die an ein gewaltiges Maßband erinnerte, mit dem Außerirdische die Länge der Halbinsel Sinai messen wollten. Ich saß mit Yasmin im Fond des Wagens, und auf den Vordersitzen der technische Direktor des Opernhauses von Kairo und sein Bruder, der als Arzt in einer Oase arbeitete. Die Dunkelheit und Eintönigkeit der Strecke verführte jeden von uns, sich ganz in Gedanken zu verlieren. So befand sich im entscheidenden Moment, wir haben es uns später gegenseitig erzählt, der chauffierende Opernmensch gerade sinnierend in Paris bei einer »Carmen«-Vorstellung mit der Sängerin Agnes Baltsa, sein Bruder bei einem Luftröhrenschnitt, mit dem er vor kurzem ein vom Ersticken bedrohtes Kind gerettet hatte, Yasmin in einem Gespräch mit ihrer Großmutter in Belgrad und ich beim Überlegen, ob ich in den Teichen meines italienischen Gartens farbenprächtige Koikarpfen aussetzen sollte oder nicht.

Da wurden wir von etwas, das ich als Sprengung wahrnahm, überrascht, und im gleichen Augenblick schien das Automobil in die Luft zu springen. Dann überschlug es sich, und wir schlitterten, auf dem Dach liegend, mit hohem Tempo über niedere Splittdünen. Die Reibung der Karosserie an den Steinen schuf einen dröhnenden Funkenmantel, der mich glauben ließ, das Fahrzeug brenne. Damals sah ich nicht mein bisheriges Leben wie einen Zeitrafferfilm an mir vorüberziehen, ich habe auch nicht in Panik die Namen derer geflüstert, die mir am meisten bedeuten. Ich reiste vielmehr, eingewoben in eine Masse aus abgrundtiefem Erstaunen, durch unzählige Angebote, die offenbar darauf warteten, von mir angenommen zu werden. Tod, Drangsal, Krankheit, Verstümmelung, Schmerzen hießen einige davon. Die interessanteren hatten Namen wie Lachen, Leichtigkeit, Vertrauen, Wohlbehagen, Erfolg, Selbstbewusstsein, Eigenständigkeit. Und ich entschied mich für: Freude. Yasmin hörte, dass ich sogar laut dreimal das Wort »Freude« rief, und zwar mit eben der Intensität, die einem Hilfeschrei zukommt.

Als unser Fahrzeug zur Ruhe kam, bemerkten wir, dass es sich in ein enges Gefängnis verwandelt hatte. Das Volumen des Innenraums zwischen Boden und Plafond war mindestens halbiert worden. Ich hörte ein Wimmern meiner ägyptischen Freunde und fühlte Yasmins Wange auf meiner Stirn. Sie sagte: »Wir leben!«, und ich sagte: »Es riecht nach Benzin, schau, dass du hinauskommst, wir werden gleich explodieren.«

Wie wir ins Freie gelangten, weiß ich nicht. So ist es. Ich weiß es ganz einfach nicht. Jemand oder etwas zog an uns und dehnte wohl das geknickte Blech. Auf alle Fälle lagen wir alle vier einander wenig später gesund in den Armen, und jeder hatte das sichere Gefühl, den anderen gerettet zu haben, ohne die geringste Vorstellung, womit und wodurch.

Das Wrack unseres Fahrzeuges ließ keinesfalls den Eindruck zu, dass ihm jemand hätte heil entfliehen können. Über und über war es mit einem Brei aus Blut und Knochen beschmiert, dessen Herkunft wir nicht kannten. Ich marschierte die Strecke zurück, die wir soeben durchschlittert waren, um Hinweise auf die Ursache des Unfalls zu finden. Bald stieß ich auf den zermalmten Körper eines Kamels, das sich offenbar an die Straße geschmiegt hatte, um nachts die Abstrahlung der vom Asphalt gespeicherten Tageswärme zu genießen. Die genaue Untersuchung enthüllte: Das Tier war hochträchtig gewesen und bei dem Zusammenprall mit unserem Fahrzeug regelrecht geplatzt, sodass sein beinahe ausgewachsener Embryo, von unserem Überschlag mitgerissen, etwa dreißig Meter weiter tödlich verwundet und verstümmelt liegen blieb.

Ich setzte mich an den Straßenrand. Hinter mir lärmte die Brandung des Roten Meeres. Ich wusste nicht, was dies alles bedeuten sollte, aber bald stellte sich die Gewissheit ein, hart und glücklicherweise wohlauf in einem Rätsel gelandet zu sein, das mich wahrscheinlich künftig überallhin begleiten würde als eine Welt in der Welt.

(1997)

DER FALL MOSKOVIC

Die Anreise von Genua nach Nizza war stürmisch und verregnet gewesen. Aber als ich auf der Promenade des Anglais endlich das Hotel Negresco betreten wollte, stürzte aus den Wolken dermaßen viel Wasser, dass man glauben konnte, hohe Wellen des wenige Schritte entfernten Meeres hätten sich in die Luft verirrt. Der Portier betrachtete mich einen Augenblick und sagte dann lachend: »Etwas so Durchnässtes wie Sie erhält bei uns normalerweise kein Zimmer, sondern übernachtet im Schirmständer.« Minuten später streckte ich mich im heißen Bad und massierte mir die Schläfen, um die wieder einmal besonders quälenden Kopfschmerzen ein wenig zu lindern. »Bisher kein guter Tag«, sagte ich halblaut zu mir selbst. Für den Abend war ich mit Doktor Crevel verabredet, der mir Unterlagen über den Fall Moskovic übergeben sollte. Bis zu diesem Treffen galt es, noch sechseinhalb Stunden möglichst sinnvoll zu verbringen. An einen Spaziergang war bei dieser Witterung nicht zu denken. Unglücklicherweise hatte ich keine Lektüre eingepackt. So beschloss ich, entgegen meiner sonstigen Gewohnheit, schon um diese Uhrzeit die Bar des Hotels aufzusuchen. Sie ist ein pompöser Teil jener Negresco-Geschmacklosigkeiten, deren abscheuliche Summe einen kuriosen Zauber entfaltet, dem beinahe jeder Gast für ein oder zwei Tage erliegt. In dieser Bar lebt seit langem eine riesige Katze mit einem rostroten buschigen Fell. Man findet sie meistens auf einem Fauteuil nahe dem Piano. Das Tier strahlt jene vollendete Eleganz aus, die heutzutage zunehmend in Vergessenheit gerät und für deren wenigstens andeutungsweises Begreifen ich die Betrachtung des Slowfox tanzenden Fred Astaire empfehlen möchte. Ich setzte mich zu der Katze, die Josephine genannt wird, und bestellte einen Calvados. Wer mag sie schon gestreichelt haben?, dachte ich. Die Filmstars, die Politiker, die Finanzhaie, deren erste Adresse in Nizza das Negresco war und ist. Vor allem die zahllosen Hochstapler, Spekulanten und Exil-Hoheiten, die verbilligte Monatszimmer besaßen und passioniert ihren überzogenen Hoffnungen nachstellten. Bei ihnen galt Josephine als Glückskatze, deren Berührung das Erringen machtvoller Throne, gewaltiger Vermögen oder die Einheirat in solche begünstigte. Inmitten der mondänen Langeweile und deren unruhiger Schwester, der Hysterie, die ein Ort wie Nizza an seinem Nabel Negresco versammelt, wirkte Josephine wunderbar zeitlos und im Einklang mit den harmonischen Gesetzen des Universums. Die Milliardäre würden eines Tages in Kliniken am Genfer See sterben, ihre Mätressen würden mit Schrecken die Altersflecken auf ihren Händen betrachten, die Chaneltaschen umklammerten. Vulkanausbrüche und Erdbeben würden ganze Kontinente im Ozean versenken, die letzten Königreiche würden Republiken weichen, die Welt würde vielleicht sogar von einer Kugel in eine die Sonne umkreisende Pyramide verwandelt werden, aber die rostrote riesige Katze würde immer noch irgendwo in einem bequemen Fauteuil vor sich hin schnurren. Äußerstenfalls, nach dem vollkommenen Untergang unseres Planeten, würden Josephine und ihr Polstermöbel ein bizarres, selbstständiges Gestirn bilden, das, bestaunt von den alteingesessenen Himmelskörpern, weit draußen zwischen Jupiter und Saturn seine Bahn zog. Während ich diesen Gedanken nachhing, hatte ein seltsames Paar in der Bar Platz genommen. Eine greise, zum Skelett abgemagerte Chinesin oder Vietnamesin und ein etwa gleichaltriger französischer Herr, dessen Hinfälligkeit schon etwas Gespenstisches ausstrahlte. Wie eine verschimmelte Frucht, die man bei der Rückkehr von einer langen Reise in einem Winkel der Küche findet, wirkte er. Als wären Teile seines Körpers schon verstorben. An vielen Stellen trug er Heftpflaster, kleine Verbände, die Brücken zwischen den wenigen beseelten Inseln seiner Haut und des Gesichtes sein mochten. Als ich unvermittelt aufblickte und das Paar zum ersten Mal sah, erschrak ich mit jener Heftigkeit, die man der Begegnung mit Basilisken zuschreibt. Sie saßen einander gegenüber und redeten mit den lauten Stimmen Schwerhöriger, sodass ich jedes Wort ihres Gesprächs verstehen konnte. Es war noch erstaunlicher als ihre äußeren Erscheinungen. »Wie schön du bist«, wiederholte der Mann alle paar Sätze mit großer Heftigkeit. »Dein Lachen sehe ich. Ein Morgen ist es im September 1951. Am Tisch vor dir ein Bouquet Mohnblumen. Dein Haar zu einem Knoten gewunden. Wie du duftest, Geliebte. Wir trinken Tee und kauen an Kandisstückchen. Wie schön du bist.« Und sie antwortete: »Die Eleganz deines Leinenanzugs. Die Kraft deines Blickes, mein Freund aus der Fremde. Hör nie auf, mich anzusehen.« Und er: »Wie schön du bist. Komm in den Schatten. Mit dem Schatten will ich dich teilen ohne Eifersucht.« Und sie: »Sei still und sieh mich nur an. Der Gesang der Insekten begleitet uns durch den Tag.« Ich gab dem Kellner ein Zeichen. Als er neben mir stand, fragte ich ihn, ob er das Paar kenne. »Ja, mein Herr. Sie kommen dreimal die Woche, seit ich hier arbeite. Seit fünfzehn Jahren dreimal die Woche.« »Was ist die Geschichte der Herrschaften?«, wollte ich wissen. »Ich kenne nur Bruchstücke«, sagte der Kellner. »Sie haben einander angeblich in Indochina kennengelernt, während des Krieges. Er war Journalist, und man behauptet, dass sie die Tochter eines Ministers ist. Bald wurde geheiratet, und dann sind Jahrzehnte vergangen, von denen ich nichts weiß. Seit sie begannen, uns hier in der Bar zu besuchen, sprechen sie, wie ich und meine Kollegen vermuten, ausschließlich Dialoge aus ihren Anfängen. Eine ehemalige Amour fou, in der sie gefangen scheinen wie in einem Hamsterrad. Sie nehmen die Gegenwart nicht zur Kenntnis und bestehen aus nichts als Erinnerung und Illusion. So oder so ähnlich, glaube ich, ist ihre Geschichte.« Ich bedankte mich, bezahlte und streichelte noch eine Weile Josephine. In einer plötzlichen Aufwallung von Selbstmitleid dachte ich: Für die Katze ist immer jetzt und für die beiden Greise immer damals, aber wohin gehöre eigentlich ich? Dann beschloss ich, doch ein wenig am Strand zu spazieren, denn in einem Spiegel, der zwei vor dem Negresco befindliche Palmen und ein Stück Himmel wiedergab, konnte ich erkennen, dass sich das Wetter beruhigt hatte.

(1998)

DER ERSTE APRIL

1

Die Hufe der Rösser schlugen kleine Funken aus den Pflastersteinen. Sechs Rappen waren es, deren Atem kurz ging, wie jener ihres Kutschers. Die Frau des Kutschers betrachtete von einem zu diesem Anlass gemieteten Balkon am Wiener Graben mit einem fassungslosen Staunen die Bewegungen ihres Mannes und sah ihn, als hätte sie ihn noch nie gesehen und würde ihn fortan nie mehr sehen.

Denn ihm, von allen Menschen auf Erden, dem Gregor Quiringer, war die uralte tote Frau auf ihrer letzten Reise anvertraut. Und da saß er, in seiner schlecht geschnittenen Trauerlivree, auf dem hoch aufragenden Kutschbock und duckte sich unter der Last der Verantwortung. Und von überall her drang jener große Klang an sein Ohr, der an das Rauschen der Maisfelder im Sommer erinnerte, nur bedrohlicher und dissonanter. Und Gregor Quiringer ahnte, dass es die Gebete, Anrufungen und geflüsterten Erregungen der zehntausenden Schaulustigen waren. Denn die tote Frau war Zita, letzte Kaiserin von Österreich und Königin von Ungarn, Majestät von Jerusalem und Herzogin von Auschwitz.

An diesem 1. April des Jahres 1989 schien Wien nichts als die Residenz der Erinnerungen zu sein. Etwas allgemein für versunken Gehaltenes war unerwartet und in manchem

Sinn erschreckend auferstanden, um noch einmal – und diesmal ohne Ablenkung durch Not, Chaos und Kriegswirren – vor aller Welt für die Ewigkeit der Ewigkeiten unterzugehen.

Die Glocken des Stephansdomes begannen zu dröhnen, dann jene von Peterskirche und Michaelerkirche. Als sich zuletzt das Geläut von Augustinerkirche und Kapuzinerkirche sowie die Detonationen von Böllern hinzumengten, flimmerte der Himmel über der Inneren Stadt im Flügelschlag fliehender Vögel. Paul drängte sich gegen den Strom der dem Kondukt entlang der Absperrungen Nacheilenden und bestieg auf der Höhe des Hotels Bristol ein Taxi. »So rasch wie möglich zum Südbahnhof«, sagte er und lächelte, als der Chauffeur antwortete: »Immer soll alles gschwind gehen, nur beim Sterben will jeder der Letzte sein.«

2

Die Bahnhofsrestauration 1. Klasse am Südbahnhof sah aus wie eine desolate Aufbahrungshalle für totes Fleisch und Gemüse. Und genau das war sie im Grunde auch: ein Mekka der absolut Appetitlosen.

Paul wollte dort an der Schank stehend einen Mokka trinken und nachdenken. Er war unentschlossen, welchen Zug mit welchem Ziel er nehmen sollte. Überall schien ihn mehr Heimat zu erwarten als in Wien. Denn Wien war ihm abhandengekommen. Seine ehemals tiefe Zuneigung hatte sich in eine Gleichgültigkeit verwandelt, von der jene Art

Zufriedenheit ausstrahlte, die einen belohnt, wenn man sich von anstrengenden Beziehungen befreit.

Er sah die Zustände erstmals, wie sie tatsächlich waren: Jenen bedeutenden Mangel an Herzensbildung beispielsweise, der den Großteil der Bevölkerung in Österreichs Hauptstadt prägte. Die wehleidige Selbstzufriedenheit, mit der die Wiener der Harmlosigkeit huldigten und allen großen Ideen und mutigen Unternehmungen feindselig die Gefolgschaft verweigerten. Die rätselhafte Schadenfreude, mit der sie ihr eigenes Scheitern genossen. Wie sie sich aus dem skandalösen Mittelmaß der meisten ihrer Politiker, Beamten und Kleriker eine Berechtigung für die eigene Unwürdigkeit ableiteten. Der Staat war in einem Zustand irreparabel erscheinender Verkommenheit, der bei einem Gebäude den sofortigen Abriss nahegelegt hätte.

Kein Tag verging, ohne dass die Zeitungen eine neue Schurkerei von hohen Repräsentanten des öffentlichen Lebens offenbarten. Ein widerwärtiger Schleim aus männerbündischer Kumpanei und zynischer Gesetzesverhöhnung, gepaart mit erschreckend tölpelhafter Gaunerunprofessionalität, vermittelte den Eindruck, als hätten die Österreicher nicht nur für das Höchste, sondern auch für das Primitivste jegliche Begabung verloren.

Über all dem thronte ein Bundespräsident, von dem es hieß, dass auch die Tiere ihn schon zu meiden begannen. Paul gebrauchte zwar zur Beschreibung dieser Zustände noch Worte wie »armselig« oder »beschämend«, aber in Wirklichkeit erregte er sich darüber nicht mehr. Es war, als spreche er über ein anderes Planetensystem, mit einer anderen moralischen Schwerkraft, und in manchen Augenblicken empfand er es als peinlich und zutiefst unerklärbar, wieso er jemals durch eine Art geißelnder Liebe Veränderungen in diesem Eldorado der Dummheit hatte erzwingen wollen.

3

Der Kutscher Gregor Quiringer war mittlerweile mit Karosse und Pferden in die Stallung nach Ottakring zurückgekehrt. Einen nach dem anderen striegelte er die Rappen. Manchmal lehnte er für Augenblicke den Kopf an die Flanke eines Tieres und roch am schweißigen Fell. Alles, was er denken konnte, war: »Ich hab wirklich nicht umsonst gelebt.«

Seine Frau aber stand immer noch auf jenem für diesen Anlass gemieteten Balkon des Wiener Grabens, und obwohl der Festzug sich schon lange aufgelöst hatte und nur noch da und dort kleinere Gruppen Diskutierender die Straße belebten, sah sie immer und immer wieder ihren Mann mit dem Prunksarg an ihr vorbeifahren, und die Spitzen seines Schnurrbartes schienen zu leuchten wie die nächtlichen Augen eines Jaguars, wenn der Schein einer Fackel auf sie fällt.

(1989)

WAS WANN?

Wer zu Traurigkeiten neigt, sollte Orte besonderer Schönheit meiden. Das Gelungene einer Landschaft oder eines Bauwerks bildet einen Hintergrund, vor dem das Misslungene der eigenen Stimmung scharfe Kontur erhält. Verlassene Liebende oder Menschen, die von den Folgen eines Todesfalles überschattet sind, dürfen sich von den Fenstern der Reimser Kathedrale ebenso wenig Hilfe erwarten wie von den verschachtelten Ausblicken der Anden. Selbst die »Kunst der Fuge« eines Johann Sebastian Bach oder die Heiterkeit mancher mozartschen Tonfolgen dient dem Trostlosen bestenfalls als eine Art musikalischer Dornenkrone.

Ich weiß, wovon ich schreibe, weil meine Reisen mich immer wieder in Fallen locken, die aus nichts als Anmut und Sinnlichkeit bestehen, in deren Mitte ich dann für Stunden versteinert und elend dem Bann der Mutlosigkeit gehöre.

So erinnere ich mich an jene Villa Santo Sospir, die Jean Cocteau für seine Verbündete Francine Weißweiler nahe dem Leuchtturm von Cap Ferrat als gemauerte und gemalte Erzählung südlicher Mythen entwarf. Ich sehe mich dort als Gast im August und September 1978. Neben meinem Bett im verdunkelten Zimmer das Schimmern einer keramischen Tischlampe von Picasso. Darüber an der Wand das Porträt des jungen Cocteau von Modigliani, in der Schreibtischlade Briefe Chaplins, Aragons und Légers.

Ich empfinde dies aber alles als Belästigung, weil sich Monika umgebracht hat. Monika war das Mädchen, das der chinesische Artist im Zirkus Roncalli zweimal täglich um Haaresbreite mit seinen brennenden Messern verfehlte. Monika war eine Zigeunerin vom Stamme der Roma. Ehe sie Nummerngirl und Zaubererassistentin wurde, hatte sie als Barfrau gearbeitet, und davor vazierte sie bis zu ihrem achtzehnten Jahr mit ihrer Familie im Wohnwagen über die Dörfer. An den Nachmittagen mussten sie und ihre Geschwister monoton Hunderte Bic-Kugelschreiber auf ihre Tauglichkeit überprüfen. Sie nannten das »Einkritzeln«. Der Vater war nämlich Kugelschreibervertreter und seine größte Sorge, dass der Farbstoff in den Minen vertrocknet oder blockiert sein könnte. Immer hatten die Kinder blaue oder rote, schwarze oder grüne Hände, je nachdem, welche Sorten gerade erprobt wurden, denn unter hundert Bic patzten mindestens zwei oder rannen aus.

Monika war vom Balkon einer Wohnung im elften Stock des Hochhauses in der Wiener Herrengasse in die Tiefe gesprungen.

In ihrem Abschiedsbrief an mich standen die Worte: »Verzeih mir das Böse, das du mir angetan hast.«

Alles, woran ich bisher geglaubt hatte, von der Wichtigkeit des Theaters über das Ersehnenswerte des Ruhmes, von der Klugheit Pascals und Wittgensteins zu den Bewegungen balinesischer Tänzerinnen, verlor innerhalb jener Sekunden, da mir die schreckliche Wahrheit ihres unwiderruflichen Abschieds bewusst wurde, seine Macht. Am folgenden Tag begann ich meine Kunstsammlung wahllos zu verschenken und reiste bald darauf nach Amerika, wo ich lediglich in letztklassigen Motels logierte, deren Scheußlichkeit mir als Teil der gerechten Strafe für das Verbrechen, dessen mich der Tod des Mädchens anklagte, erschien.

Solange ich in Einöden, Kaschemmen, Betonwüsten und anderen Grobheiten Aufenthalt nahm, war ich halbwegs imstande, das seelische Gleichgewicht zu halten. Ab dem Zeitpunkt, da eine wohlmeinende Freundin mich nach Europa und in das Elysium Santo Sospir gelockt hatte, entblößte mich aber die dort versammelte Qualität von jedem Schutz und drückte mich in den Staub. Ähnlich erging es mir in Abstufungen und aus den unterschiedlichsten Ursachen und in andren Jahren auch noch auf Korfu, in Sevilla und St. Petersburg, bei Spaziergängen auf dem Vesuv, durch das Nymphäum Monets in der Pariser Orangerie und durch die labyrinthischen Anlagen des Shiv-Niwas-Palastes im indischen Udaipur. Jedes Mal wünschte ich mich an das Ende der Welt in eine Art Lazarett für Prachtgeschädigte.

Jetzt gerade schaue ich vom Dach des Café de France in Marrakesch auf das Rauchgekräusel der improvisierten Restaurants des Djemaa el Fna. Es ist zwanzig Uhr. Das Trommeln und die gutturalen Anrufungen der Fröhlichkeitsgeister durch muschelbestickte Musikanten und Tänzer webt mit dem Glockengeläute der Wasserverkäufer und dem Stimmenkonzert der Märchenerzähler, Wunderheiler, Schlangenbeschwörer, Wahrsager und Koranprediger ein Klangmuster von einzigartiger Intensität und Rauschhaftigkeit. Jedem beseelten Wesen öffnet sich hier ein Tor in

Erfahrungen, die den Abenteurern des 16. oder 17. Jahrhunderts vorbehalten schienen. Es ist, als hätte sich das Vergangene eine Enklave geschaffen, die allen Gesetzen des Wandels trotzig widersteht.

Und wieder muss ich bekennen, dass mich der Blick durch die Nylonvorhänge eines Vorstadtespressos in die verregnete Banalität von Rüsselsheim oder Leoben den Angriffen der Würgeengel meiner Melancholien gegenüber um ein Vielfaches standhafter sein ließ. Aber die Besuche der Engel finden nach unergründlichen Gesetzen unangemeldet statt. So muss einer wie ich stets damit rechnen, am falschen Ort zu sein. Denn im Normalfall macht mich Leoben traurig und im Ausnahmefall Marrakesch.

(1990)

WIEN GEBAUT AUF DRECK

Auf der Meeresoberfläche bilden Hunderte tote Fische ein desolates geometrisches Muster. Ich bemerke es beim Verlassen der Fähre, die mich von Algeciras nach Tanger gebracht hat. Der Himmel ist bereit zu regnen, und der Geruch von verbranntem Gummi mischt sich mit dem von Desinfektionsmittel in der Halle der Zollabfertigung. Die Düfte des Orients im Juni 1997.

Zwei Agenten der marokkanischen Geheimpolizei geben sich als hilfsbereite Mitarbeiter des Tourismusministeriums aus und stellen auf Deutsch Fragen, die auf keine gute Ausbildung schließen lassen.

»Sind Sie am Kauf von Kif interessiert? Wenn ja, wir sind Ihnen gerne behilflich. Haben Sie politische Schriften in Ihrem Gepäck? Wenn ja, lassen Sie uns bitte Kopien herstellen, wir möchten uns gerne in unserer Freizeit weiterbilden.«

Ich schaue sie mit dem gleichen blöden Ausdruck an, den sie mir bieten, und antworte mit einem extemporierten Reim: »Pas de drogue, pas de politique und außerdem auch keinen Fick.«

Eineinhalb Stunden später schlendere ich vom Hotel El Minza zum Souk der Altstadt. Hinter mir ein Saxofon spielender, verwachsener junger Mann. Als ich ihm einige Münzen geben will, meint er: »Non, Monsieur, ich spiele zu meinem Vergnügen. Und wenn es Ihres auch ist, soll es mich noch mehr freuen.«

Zufällige Beobachter schreien ihn an, als hätte er ein Verbrechen begangen. Sie fordern mich auf, ihnen das Geld zu geben. Sie würden es der Mutter des Musikers, die sterbenskrank ihr Ende erwarte, verlässlich weiterreichen. Der junge Mann beschwört mich, ihnen nicht zu glauben, und sagt verzweifelt: »Ein Künstler, das ist doch nicht automatisch ein Bettler.«

Ich stecke ihm einen größeren Betrag mit der Bitte zu, davon Notenpapier zu kaufen. Er nimmt ihn an und läuft ohne Dank davon. Die Umstehenden bedeuten mir, dass er verrückt sei.

Eine Ampel blinkt gleichzeitig rot und grün.

Auf dem Rauchfang eines vierstöckigen Bürohauses entdecke ich mitten in der Stadt ein Storchennest.

Transparente auf Bauzäunen gratulieren dem Thronfolger zum Geburtstag. Der Wind bringt ein Knäuel Zeitungsfetzen.

Drei Buben spielen mit einem Joghurtbecher Fußball. Einer von ihnen ohne Schuhe.

Jetzt ist es in Tokio dreiundzwanzig Uhr siebzehn. Die Weltuhr in der Auslage eines Friseursalons zeigt dies an. Auf den zweiten Blick bemerke ich, dass die Zeiger stillstehen.

Was kommt als Nächstes?

Ein Herr, der mir für die Schwüle viel zu warm gekleidet erscheint, spricht mich an.

»Du Berlin?«

»Nein, Wien«, antworte ich.

»Wien gebaut auf Dreck«, sagt er ernst.

»Wieso?«, frage ich.

»Mein Papa damals Sarrasani. Vor lange, lange damals. Sarrasani Zirkus. Gespielt in ganz Europa. Mein Papa stärkster Marokkaner der Welt. Wirft Rad von Mühle nach oben und wieder aufgefangen. Wirkliches Rad aus Stein, nicht Holz. Mit seinen Zähnen so viel Kraft, dass Automobil gezogen. In Automobil Edith Piaf gesessen und Boxchampion Marcel Cerdan. Sarrasani in Paris. Papa mit Zähnen am Seil über Champs-Élysées berühmte Piaf und berühmten Cerdan gezogen in Buick-Automobil. Cerdan dann bald tot. Bumm. Mit Flugzeug. Piaf immer geweint. Papa auch sehr traurig. Mon ami est mort. Papa immer traurig oder immer lachen. Nur so oder so mein Papa. Decke über Kopf oder Tango tanzen.

Wichtige Frau für mein Papa, Name: Rosi. Frau aus Köln. Sarrasani große Erfolge in Deutschland. Rosi Augenfarbe wie Datteln. Stimme sehr leise. Mein Papa glücklich. Rosi meine Mama. Mein Papa mein Papa. Rosi in Sarrasani Programme und Zuckerwatte verkauft und Ponys gebürstet. Ponys riechen gut. Meine Mama …«

An dieser Stelle unterbreche ich den Mann.

»Darf ich wissen, wie Sie heißen?«

»Ich Name Sarrasani als erster Name. Zweiter Name von Familie: Abdeslam. Erster Name von bester Zeit von Papa.

Zweiter Name wie Papa von Papa und davor seit immer Familie von Papa.«

»Wo ist Ihre Mutter? Lebt sie in Tanger?«, frage ich mit einem Interesse, das mich selbst überrascht.

»Rosi fünf Jahre nach meiner Geburt Mann in New York geheiratet. Alles falsch an dem Mann: Haare, Zähne, alles. Nur Geld echt. Rosi Mama nimmt sein Geld und vergisst Sarrasani und Papa und mich für jeden Tag bis immer. Keine schöne Geschichte, aber mein Papa trinkt sich lustig, bis er nur mehr weint. Trinken Sünde für Moslem. Papa verliert seine Kraft. Nicht mehr stärkster Marokkaner der Welt. Nicht mehr Sarrasani. Ich mit ihm ohne Rosi in Wien. Alles traurig in Wien. Deshalb Wien für mich auf Dreck gebaut.«

Jetzt schweigt der Mann und schaut mir dabei in die Augen. Wir stehen noch immer an der Stelle, wo das Gespräch begonnen hat.

»Was ist Ihr Beruf, Sarrasani?«, frage ich.

»Wahrheit ist: Bin mein eigener Prophet«, sagt er und lacht. »Sage mir jede Früh und jeden Abend, dass Leben viel schlechter sein könnte.« Er klopft mir auf die Schulter, geht zwei Schritte rückwärts und verschwindet unerwartet in einem Hauseingang. Noch einmal höre ich sein Lachen. Dann beschließe ich, ins Hotel zurückzukehren.

(2000)

FLAMM

Ferdinand dachte an die Arten des Wartens und an die Schicksale bedeutender Wartender, die ihm begegnet waren. Er dachte an den alten Dichter Flamm, der im neunzehnten Bezirk dieser Stadt in einer kleinen Gemeindewohnung, die im Vergleich zu seiner inneren und äußeren Eleganz wie ein Toilettefehler wirkte, jahrzehntelang auf die Wiederkehr des Ruhmes gewartet hatte.

Denn vor dem Ersten Weltkrieg war er berühmt gewesen und nach dem Zweiten vergessen worden. Und als eine offizielle Stelle zu seinem siebenundachtzigsten Geburtstag an ihn erinnert wurde, verlieh man ihm verschämt das Silberne Ehrenzeichen der Stadt Wien, lud an einem glühenden Sommervormittag in den Roten Salon des Rathauses und reichte Mayonnaisebrote und Grapefruitjuice. Der Kulturstadtrat lobte Flamms Bücher, deren Titel er nicht richtig aussprechen konnte und denen er in den letzten Jahren die geringen Zuschüsse versagt hatte, die eine Wiederveröffentlichung bei einem Avantgardeverlag ermöglicht hätten, und nannte ihn »Wegbereiter des Expressionismus« und »Zeuge großer Zeiten«.

Es war genauso ungenießbar wie die Mayonnaisebrote. Der alte Dichter Flamm aber trat ans Rednerpult und sagte: »Herr Bürgermeister, meine Damen und Herren Stadträte, ich danke für diese Auszeichnung. Sie sehen an mir den Triumph Adolf Hitlers; alles, was ich lieben konnte, hat man ermordet: Vater, Mutter, Geschwister, Frau und Kinder, durch die Schornsteine von Auschwitz geflogen. Bewohner der Aschenwelt. Meine Freunde erschlagen, zerbrochen, ausgelöscht. Einer, ein einziger, ein Maler, hat überlebt und seinen Verstand hinter sich gelassen. In einem Narrenhaus sitzt er in Tel Aviv und sagt: ›Achtung.‹ Seit dreißig Jahren immer nur: ›Achtung.‹ Der vollkommene Triumph Hitlers. Die beiden mächtigsten Wirtschaftsnationen heißen heute, so wie ich es begreife, Deutschland und Japan. Die siegreichen Verlierer. Österreich und Deutschland sind beinahe judenfrei. Die Begabung und Fantasie vertrieben. Allerorten Kriegsgewinnler der Literatur, der Musik, der bildenden Kunst. Niemals in der langen Zeit nach dem Zweiten Weltkrieg hat die Regierung Österreichs die Emigranten zurückgebeten. Man brauchte die Wohnungen für ausgebombte Nazis.

Ich, meine Verehrten, bin 1943 während eines Arbeitstransportes geflohen, habe mich in Sümpfen versteckt und meinen Urin getrunken. Ich, meine Verehrten, bin gekrochen, in den Nächten, bis ans Ende der Welt, bis ans Ende aller Welten und retour. Ich, meine Verehrten, habe geweint, bis meine Augen bluteten. Ich bin über Bombay, Singapur, Hongkong und Neuseeland nach Wien zurückgekehrt, weil Gott mit mir etwas Großes vorhatte. Er wollte, dass ich am Ende meiner Tage das Silberne Ehrenzeichen der Stadt Wien erhalte. Für ein Werk, das keiner mehr kennt; für Bücher, die nicht mehr gedruckt werden. Gott ist groß, und es ist schön, ein alter Mann zu werden. Ich danke Ihnen.«

Und der Kulturstadtrat applaudierte von seinem Sitz aus und sagte zu seiner Nachbarin: »Es sind noch ein paar Brote übrig. Das passiert eigentlich selten.«

Der alte Dichter Flamm aber fuhr mit dem Rathauslift irrtümlich einen Stock zu tief in den Keller und gelangte durch eine Garage zu einem verschlossenen Tor, von dem aus man einen Teil des Burgtheaters sehen konnte. Er trat gegen das Gitter und schrie: »Muss man sich alles gefallen lassen! Muss man?« Später saß er mit einem Bekannten in seiner Wohnung. Beide schwiegen. Es war immer noch unerträglich heiß, obwohl es schon dämmerte. Plötzlich riss dieser alte Dichter Flamm den Mund auf und begann, mit den Fingern der rechten Hand darin nach etwas zu suchen, als handelte es sich um eine Tasche. Minutenlang suchte er. Aufgeregt, mit hochrotem Kopf, fand es nicht und verzagte. Dann sagte er: »Keine Worte mehr. Keine Worte.« Und lachte und fiel vom Sessel und war tot. So hatte Ferdinand es jedenfalls gehört.

(1985)

DIE ERNTE DER SCHLAFLOSIGKEIT IN WIEN

Zwischen Allerheiligen und Allerseelen liegt Wien. Aus der Schwalbenperspektive könnte man es für ein Hutgeschäft halten. Kappen, Mützen, Bowler, Zylinder, Panamas und manchmal ein Helm ergeben Häuserblöcke, Stadtviertel und Hiebe. Rundum ist Wald, Wienerwald und so genannte Umgebung.

Die vorherrschende Witterung heißt Einsamkeit. Gruppen, ja ganze Aufmärsche werden von ihr befallen.

Wien hat eine der höchsten Selbstmordquoten der Welt. Hier stirbt man schon am kleinsten Tod.

Der Morgen tritt ohne anzuklopfen in das Zimmer der wehleidigen Selbstzufriedenheit, er riecht nach Mikadokaffee und raubt dem Tag seine Leichtigkeit.

Die Hiesigen erledigen nichts en passant, das meiste erledigt wohl sie en passant. Der typische Wiener liest keinen Essay, weiß daher nicht, dass es gar keinen typischen Wiener gibt, und benimmt sich folgerichtig wie ein typischer Wiener.

Ein geborener Zuschauer ist er, voll des ungesunden Misstrauens gegenüber der Kontinuität des Außergewöhnlichen. Unter den Menschendarstellern die Schauspielerdarsteller liebend, unter den Tonsetzern die gesetztesten Töner und unter den Mördern die Dicken.

Er ist schnell zu rühren, aber nicht von der Stelle. Sein Anerkennen gipfelt in Rehabilitieren. Seine Idole sind Konzessionäre der Feigheit. Wenige Zeitungen haben noch das Niveau ihrer Redaktionen, die meisten bereits jenes ihrer Leser. Wiens Selbstvertrauen erinnert häufig an das eines größenwahnsinnigen Dorfes.

Alte haben hier das Sagen. Du findest sie überall. Auf den Pritschen im Freibad, bei den Pfadfindern und Kameradschaftsbünden, als Agioteure und deren Opfer bei der freundschaftlichen Fußballbegegnung Österreich – Ungarn, als Mannequins der Kinomodeschauen und Empfänger der Nachwuchs-Kunstförderungspreise. Die Jungen sind alt und die Alten gefordertenfalls noch die Jüngsten.

Aber im Dezember, wenn es auf den Josefsplatz schneit, werde ich aufgeregt wie bei der Erstkommunion, will weinen und manchmal gelingt es. Der Schnee in Wien verhüllt nichts. Er legt frei, entkleidet die Stimmung ihrer Verwahrlosung, restauriert die verwundete Architektur. Der Schnee ist ein Glück, vielleicht sogar: das Glück. Und die Kinder nennen ihn Sternenmilch. Sommer wiederum ist ein Wort, das diese mit Haarnadeln in Parkverbotstafeln ritzen. Das Schönste am Sommer sind die Gewitter über den Weingärten. Da scheinen die Wolken vor Begeisterung mit den Füßen zu trampeln und Blitze fallen wie unglaubliche Krampfadern bodenwärts.

Das Zweit- und Drittschönste sind die Augenblicke gegen vier Uhr früh, wenn Kühle und Nacht abbrechen wie ein Schokoladenriegel. Aus den Straßen wächst noch der Bart der Finsternis. Aber das Sonnenmesser beginnt schon zu scheren, bis die Haut der Erde weiß ist. Dann schwemmt manchmal eine kleine Windflut über die Bezirke, dass die Portalfahnen der italienischen Eissalons knattern wie Spielzeuggewehre.

Maronibrater verdingen sich jetzt als Bademeister. Auf den Leibern werden die Stempel der Pockenimpfungen sichtbar, und wer jetzt in einem öffentlichen Verkehrsmittel nicht schwitzt, gilt als Schwein.

Das übrige Jahr ist Herbst. Auch der Frühling ist ein Herbst – für Anfänger.

Denn die Demontage der Frostschutzbretter von Brunnen und Denkmälern ist ebenso einleitende Geste des Abschieds wie das mitunter über Generationen vererbte Datum, zu dem ein Herr das erste Mal im Jahr auf offener Straße den Radetzky-Marsch pfeifen darf, ohne seine Atemwege zu gefährden.

Die kostbarste Straße Wiens ist die Simmeringer Hauptstraße. Sie führt direkt in die Erlösung: zum Zentralfriedhof und zum Flughafen Schwechat. Eine Prachtstraße ist sie, die man vergessen hat anzulegen. Hier sollten die Etappenziele des Irdischen ihre Stechuhren postieren: die Spitäler, Magistrate, Theater, Bureaus, das Parlament und der Strich, die Restaurants, Kirchen, Moscheen und Synagogen. Aber es hat nicht sollen sein. Begnügen wir uns mit der verschenkten Möglichkeit. Nehmen wir das Nichts für das Ganze, wie so oft in der Geschichte Österreichs. Dieser Geschichte der großen Unterlassungen.

Die seltenen Arbeitsergebnisse entstehen hier trotz und nicht wegen des Ortes. Arbeitsergebnisse, die allerdings den ausländischen Beobachter den Kopf ziehen lassen. Wien ist ein Fluch, der sich seine Adressaten sehr sorgfältig aufspürt, ein Nobelpreis der Wehmut.

Strauß-Walzer zum Beispiel sind eine als Fasching verkleidete Melancholie. So viel Zärtlichkeit ist in ihnen und Großzügigkeit, als würde die Musik für sich selbst eine Musik zur Aufführung bringen. Die Wienerinnen und Wiener sind dabei eigentlich nur als Statisterie des Staunens zugelassen oder beweisen rechts und links drehend, dass auch sie nicht besser tanzen können als das zumeist enttäuschende Staatsopernballett. Enttäuschend wie die Original Wiener Sachertorte, der Original Wiener Schmäh oder der Original Wiener Heurige, bei dem Original Wiener Gestrige durch ein Prosit auf die Gemütlichkeit diese ad absurdum führen.

Und doch: Wer jenseits der Selbsterhaltungssentimentalität Wien zu definieren versucht, muss seine Sprache beim Wort nehmen können. Er darf sich nicht auf den Schein gehen, denn Wien scheint so viel, ist voll der Erscheinungen und sein Sein ist so detektivisch getarnt. Die Wirklichkeit brodelt (in des Begriffes zweifacher Bedeutung) so abseits vom Erwartungs-Corso. Die Wirklichkeit weiß Wien versunken und tot, es getraut sich der Verschiedenen lediglich keiner mitzuteilen. Sie würde darüber so erschrecken, dass sie tatsächlich stirbt. Wien ist eine Niederlage, die sich bis zum deswegen lieben Gott hinauf keiner eingestehen will, ich in der Stunde der Wahrheit schon gar nicht.

(1971)

DEM HIMMLER SEIN NARR

An einem Nachmittag im März war es. Ich stand auf der Fifth Avenue, etwa zwischen den pirouettendrehenden älteren Damen des Eislaufplatzes in der Versenkung vor dem Rockefeller Center und den Diamantenhändlern der 47. Straße, und schaute den Himmel an, der nicht fern und unnahbar schien, sondern wie unmittelbar an den Giebeln der Wolkenkratzer als letztes, kühnstes und weitläufigstes Stockwerk befestigt. Der stampfende Lärm unzähliger Eilender war um mich und mischte sich mit den Geräuschen zu ebensolcher Eile angetriebener Maschinen. Es war einer jener seltenen Augenblicke, in denen man alles für möglich hält und selbst die Nachricht von der Abschaffung des Todes einen nicht wirklich erstaunen könnte. Die Kälte der Luft ließ mich den Rhythmus des eigenen Pulses als unübertreffliche Geborgenheit empfinden. Ich wollte gerade eine Melodie zu pfeifen beginnen, als zu lange, um es für Einbildung halten zu können, der Boden unter mir schwankte. Es war, als schlage jemand mit großer Gewalt an meine Sohlen. Und tatsächlich erschrak ich nicht, ließ mich doch die Stimmung, in der ich mich befand, gerade das Unerwartete erwarten.

Da keiner der Passanten sein Verhalten änderte, musste ich glauben, dass entweder alle meine grandiose Gleichgültigkeit teilten oder es sich um eine Wahrnehmung handelte, die für mich allein bestimmt war. Jetzt bemerkte ich einen unförmigen kleinen Mann, der über und über mit Plastiksäcken beladen war, aus denen bunte Stoffreste und um Holzspindeln gewickelte Drähte hervorquollen. Auf seinem Hinterkopf war eine Kippa befestigt, indem er sich Spagat um den Kopf gewunden und unter dem Kinn verknotet hatte. Der Anblick eines offenbar völlig verwahrlosten streunenden Juden war beinahe so ungewöhnlich wie das Gefühl des schwankenden Bodens einige Augenblicke zuvor.

»Ich bin dem Himmler sein Narr«, sagte der Mann unvermittelt mit dem Klang eines Stimmbrüchigen. Ich schaute ihm direkt ins Gesicht, das von einem Augenbrauengestrüpp verschattet wurde.

Ein zweites Mal schwankte der Boden, und diesmal empfand ich auch noch eine bedeutende Hitze, die meine Adern über den ganzen Körper zu verteilen schienen.

»Dem Himmler sein Narr«, wiederholte mein Gegenüber. »Für fünf Dollar erzähl ich Ihnen mehr. Nichts Erfundenes. Keine Machloikes und kein doppelter Boden. Ich komm als Einziger in dieser verhackten Stadt mit der Wahrheit aus. Fünf Dollar sind eine Bagatelle für einen wie Sie, der manikürte Fingernägel hat.«

»Für Sie ist mir nichts zu teuer«, antwortete ich und entnahm meiner Geldklammer vier Fünfdollarnoten.

»Oh«, sagte der Mann. »Ich nehme auch solche Summen, ohne dass man mich zwingen muss, aber der Ordnung halber warne ich Sie, die Geschichte für fünf Dollar ist dieselbe wie die für hundert Dollar. Es gibt nur eine einzige unwandelbare Version. Man nennt das: die Wahrheit.«

Ich überlegte, ob ich ihm erklären sollte, dass der hohe Betrag eine Art nachträglichen Eintrittsgeldes für das Glücksgefühl jener unerschütterlichen Entrücktheit war, die ich empfand, seit ich den Wolkenkratzerhimmel beobachtet hatte. Aber der Mann streifte mit einer behenden Bewegung die Plastiksäcke von Schultern und Armen und begann zu erzählen: »In Koblenz bin ich geboren, vor dreimal genügend Jahren. Meine Eltern, heilig sei ihr Name, waren einfache Leute mit komplizierten Träumen. Deutschland, fremder Herr, ist eine Natter seit jeher. Giftig und ohne Barmherzigkeit. Hochmütig und ohne Lachen. Deutschland. Pfui darüber, und noch einmal pfui. Nichts als Abgrund und Untergang. Meine Kindheit war Darben, meine Jugend Angst. Angst ist kein Wort für Tage und Nächte in Viehbaracken neben Gaskammern. Kein Wort ist ein Wort für das Unsagbare. Mein Vaterland war das Sterben. Sonst nichts, fremder Herr. Sonst nichts. Einmal wird es Mittwoch, im Oktober vierundvierzig. Wir haben in den Steinbrüchen von Zlatky seit Stunden Granit gebrochen. Kommt ein Teufelsscherge auf mich zu: Sturmbannführer Bonesch.

›Wie klein bist du, Jiddelach‹, brüllt er.

›Anderthalb Meter‹, antworte ich.

›Zwergelach. Jiddelach!‹, setzt er fort. ›Kannst du Salto schlagen, Spitzbub? Man erzählt sich, dass du Springkünstler bist. Sowas brauch ich. Berühmt sollst du werden, wie der Eiffelturm. Kannst du Flöte spielen und ein Akrobat sein?‹

›Ja‹, sag ich. Denn ich konnte es wirklich.

Immer wollte ich der Geschickteste sein, weil ich so eine missratene Statur hatte. Beim Zirkus Hagenbeck als Seiltänzer, darauf hab ich gehofft. Und die Musik, das war mein Manna. ›Komm mit, du Maikäfer‹, sagt der Teufelsscherge, und er bringt mich zum Lagerkommandanten, der schon auf mich wartet.

Damit Sie mich richtig verstehen, fremder Herr, mich, den Shlomo Herzmansky, hat der Lagerkommandant erwartet. Das hat bedeuten können – alles. Eine Möglichkeit auf Vergünstigungen oder die große Reise durch den Schornstein. Ich hab nur gedacht: ›Gerechter Gott, sei einmal, ein einziges Mal, nicht ungerecht.‹

›Das ist der in Frage Kommende‹, meldet der Sturmbannführer.

›Soll sich produzieren‹, befiehlt der Lagerkommandant.

Und drückt mir eine Blockflöte in die Hand. Da spiel ich, wer's nicht gehört und gesehen hat, wird's nicht glauben, den Hummelflug mit viele Triller und schlag einen Purzelbaum und dann balancier ich noch das Flötenholz auf der Stirn wie ein Rastelli, und noch ein Liedl als Zugabe. Und die beiden nicken sich zu, ›gut so‹, und mir sagen sie: ›Erstklassig, Jiddelach.‹

Dann lässt der Lagerkommandant die Katz aus dem Sack: ›Der Reichsführer SS persönlich wird unser Institut besuchen. Wir haben beschlossen, ihm zu diesem Anlass ein besonderes Geschenk zu machen. Einen Judennarren, der ihn gelegentlich bei seiner schweren Arbeit für das deutsche Volk erheitern soll. Der Reichsführer hat ein humorvolles und musikalisches Wesen. Er sammelt Vexierbilder, Spieldosen und andere Kuriositäten. Du wirst in Zukunft ein Teil seiner Sammlung sein.‹

Der frotzelt mich, hab ich gedacht, und gesagt hab ich ohne Vorsicht: ›Bitte Herr Lagerkommandant, ich bin ein Mensch und kein Geschenk. Ich bin Gottes Eigentum und gehör auf Erden niemand als mir selbst und denen, die ich liebe.‹

›Liebst du denn die SS nicht, undankbarer Saukerl?‹, bellt er. ›Wir füttern dich und geben dir Kleidung und ein Dach und Arbeit, obwohl du weniger wert bist als ein Stück Dreck.‹

›Ich bin ein Mensch, Herr Lagerkommandant. Und meine Mutter hat mich unter Schmerzen geboren wie Ihre Mutter Sie.‹ Da spuckt er mir ins Gesicht, und alles Rot geht aus seinen Wangen. ›Vergleich deine Mutter nicht mit meiner, du Hurensohn, sonst schneid ich dir das Herzklopfen aus dem lebendigen Leib.‹

Da hab ich geschwiegen und gefürchtet, dass das Ende vom Ende erreicht ist. Aber sie haben mich waschen geschickt in eine richtige Wanne, und gebratenes Huhn hab ich essen dürfen, und aus bunten Stoffen sind mir ein Wams, ein Mützel und Hosen angemessen worden, dass ich verwandelt war in den Eulenspiegel.

Zwei Wochen hab ich zum Üben bekommen und bewacht haben sie mich wie ein Kronjuwel. Nichts als Salto vorwärts und rückwärts und tanzen auf einem Bein und jonglieren mit drei Äpfeln und den »Schönen Westerwald« auf der Mundharmonika und lustige Flötenstückel und Kunstpfeifereien. Gegen den Steinbruch war das ein Rothschildleben, fremder Herr.

Dann war der Himmler plötzlich da. Leibhaftig. Am

Sonntag Nachmittag. Geregnet hat es ganze Ozeane. Wie er tritt in das Offizierskasino, wo man ihn feiern wollte, waren seine Brillen beschlagen. Er nimmt sie herunter und putzt sie umständlich mit einem Taschentuch. Keiner hat sich mucken getraut. Meinerseel, solang er geputzt hat, ist die Welt stillgestanden. Dann setzt er sich die Glasel wieder auf und schaut, als hätte er das Schauen erfunden. Dann hat er mich bemerkt. Vis-à-vis von ihm auf einer Trommel bin ich gestanden, wie ein Seehund oder ein Aff in der Manege. Hinter und neben mir im Bogen die ganzen ledernen Banditen.

›Was ist das?‹, fragt der Himmler. Und drei Schritte bin ich ihm wert, um mir näher zu sein.

›Euer Gnaden zu dienen, bin ich der funkelnde Unsinn. Ein Judennarr, Euch mit respektvollen Wünschen der SS-Gemeinschaft dieses schönen Lagers zugeeignet‹, sag ich und lass die Schellen klingen, die sie mir überall aufs Kostüm genäht haben.

Und jetzt, fremder Herr, ist gewesen, was man ein Wunder nennt. Für den Shlomo Herzmansky hat sich gemacht ein Wunder. Ein junger Adjutant hat nämlich sehr eilig den Saal betreten und dem Himmler eine Nachricht zugeflüstert, gerade in dem Augenblick, wie er etwas sagen wollte wegen mir. Die Neuigkeit hat große Wirkung gehabt. Auf den Absätzen dreht sich der Himmler um und rennt stumm auf den Appellplatz, wo sein Auto wartet. Und die Banditenmeute hinter ihm her. Durch die Fenster sehe ich noch den Schmutz, den die Reifen aufgewirbelt haben, und weg war er und ist nie wiedergekommen.

Sie verstehen meine Situation, fremder Herr? Keiner hat

gewusst, ob der Reichsführer SS den Judennarren als sein Eigentum angenommen hatte oder nicht. Aber sicherheitshalber haben sie mich fortan besser behandelt. Damit es mich noch gab, falls er wollen hätte, dass es mich geben soll, der mächtige Mörder. Zwei Briefe hat der Lagerkommandant wegen des unter seiner Obhut lebenden Geschenkes an den Himmler geschrieben. Aber da sind schon die tausend Jahre erheblich in Trümmer zerfallen, und die Sorgen waren allgemein andere.

So hab ich überlebt, fremder Herr, als dem Himmler sein Narr. Und bin auf siebenmal verschlungenen Wegen in diese verhackte Stadt geraten. Und niemals ist das Staunen aus meinem Gesicht verschwunden, denn die Beschlüsse des Ewigen sind rätselhaft wie die Launen einer schönen Frau.«

Und Shlomo Herzmansky nahm seine Nylonsäcke und trippelte grußlos in Richtung Central Park, der weit vor ihm im Dunst lag.

Wieder spürte ich das Stoßen unter meinen Füßen, aber es ließ mich, wenn so etwas überhaupt möglich war, noch gleichgültiger als bei den ersten beiden Malen.

(1992)

WARUM ICH EIN HORNISSENNEST NICHT ENTFERNTE

An einem heißen Abend, als ich gerade damit beschäftigt war, an der Unterseite des steinernen Balkons vor meinem Schreibzimmer ein verlassenes Hornissennest zu entfernen, teilte mir meine Haushälterin mit, dass im Salon ein merkwürdiges Paar auf mich warte. Noch nie in der langen Zeit, seit ich sie kannte, hatte sie über irgendetwas geurteilt, dass es merkwürdig sei, und ich war neugierig, was sie derart beeindrucken konnte. »Es sind Herrschaften. Angeblich auf Empfehlung eines Bekannten gekommen.«

Ich ging, wie ich war, barfuß und mit schmutzigen Händen, in den Salon und sah etwas, das mir sehr gefiel: eine ältere Frau und einen älteren Mann, mit Rucksäcken und in dunkler Sommerkleidung, die im Gesicht und an beiden Armen tätowiert waren. Allerdings, soweit ich es auf den ersten Blick wahrnahm, nicht mit Zeichnungen, sondern mit einer Schrift.

»Sie wünschen?«, sagte ich mit optimistischer Vorfreude.

»Wir sind zwei Gedichte und wollen gelesen werden. Ihr Freund, der Signor Brandstätter, meinte, Sie wären ein Herr von Welt und Bildung und interessierten sich für gute Literatur.«

Ich setzte mich auf einen der mit marokkanischen Quilts bedeckten Fauteuils und lud die beiden Fremden ein, das

Gleiche zu tun. Sie blieben aber stehen, und die Frau sagte: »Wir können nicht lange bleiben, Signor. Das Leben ist eine Raserei. Es gibt so viele Augen, und alle haben ein Recht, uns zu sehen.«

»Was hat es mit Ihnen auf sich? Erzählen Sie mir Ihre Geschichte«, sagte ich.

»Sie ist nicht ungewöhnlicher als das Erscheinen eines Regenbogens«, antwortete die Frau mit einem Selbstbewusstsein, das mich hellwach werden ließ. »Wir sind Mineraliensammler und Schlangenfänger aus den Lessinischen Bergen. Im Jahr 1287 folgten unsere bayerischen Vorfahren einer Einladung des Bischofs von Verona, um die wildeste und unwegsamste Gegend seines Bistums zu besiedeln. Das ist die Wahrheit, Signor. Unser Heimatdorf heißt Giazza, und unser Stamm wird die Zimbern genannt. Wir sind die Letzten im Angesicht Gottes und der Menschen, die sich einen bestimmten mittelhochdeutschen Dialekt bewahrt haben.«

Und jetzt sang sie etwas in einer rauen, mir unverständlichen Sprache. Eine Absage an jedes Wohlwollen und alle Freude schien es zu sein. Dann endete die Melodie abrupt, und nach einer Weile, in der die Frau mit geschlossenen Augen und heftig atmend ausruhte, erzählte der Mann die Geschichte ihrer Tätowierungen:

»Es war im Oktober des gesegneten Jahres 59. Meine Schwester und ich hatten einiges an Serpentin und Rutilquarz gefunden. Nicht zu vergessen den großen weißblauen Zyanitbrocken, aus dem später der Panzanobauer zu Ehren der heiligen Katharina einen Totenkopf schliff. Wir saßen Rücken an Rücken unter einer ausladenden Kiefer, um nichts, aber auch gar nichts zu denken, wie es uns die Eltern als dreimalige Übung für jeden Tag des Lebens gelehrt haben. Zur Reinigung und zur Kräftigung des Geistes. Da plötzlich steht ein Besonderer vor uns. Wie aus der Erde geschossen. Gerade war er nicht da, und jetzt gibt es ihn. Ich erschrecke, und die Schwester erschrickt. ›Buon giorno‹, sagt er, und ›ihr seid ja prächtige Leute.‹ Mein Eindruck ist, wir haben es mit einem Waldgeist zu tun oder dem Seidelbastkönig oder dem Engel der Felsen. Aber es ist ein Americano. Man hört es an seinem Italienisch. Das ist auf Wolkenkratzern gebaut und Studebakern. Und er hat einen grauen Spitzbart, und seine Augen schillern wie Feuerachat, den die Indianer tragen, damit er sie vor Jähzorn bewahrt. Mit diesen Augen sieht er lange der Schwester auf den Grund und mir als Nächstes. Dann sagt er mit seiner schneidenden Stimme: ›Für jeden von euch zweitausend Dollar, wenn ihr es geschehen lasst.‹.

›Was geschehen?‹, frage ich und denke mir, er ist doch kein Americano und auch kein Waldgeist und nicht der Seidelbastkönig und nicht der Engel der Felsen, sondern der aus dem Schwefel geborene Seelenkäufer, von dem alle reden und den nie einer zu Gesicht bekommt. Da streckt er mir eine Visitenkarte entgegen: ›Ezra Pound. Wortarbeiter‹, entziffere ich im Licht der späten Sonne, das durch die Zweige der Kiefer strömt.

›Ich habe eine Idee‹, sagt dieser Mann mit der Visitenkarte, ›und ich möchte sie Wirklichkeit werden sehen. Zweitausend Dollar für dich und dich, wenn ihr euch tätowieren lasst. Mit Versen, die ich euch auf den Leib dichte. Verse über die Schwingungen, wenn Frau und Mann nebeneinander gehen ohne Berührung.‹ Meine Schwester schreit auf: ›Ein um den Verstand Gekommener ist das, der in Träumen gefangen ist. Spuck ihn an, damit er aufwacht.‹ Aber er zeigt uns grüne Dollarscheine und schwört, dass ihm mit allem Ernst ist, und dass in Bozen ein Tätowierer lebt, der Ganster heißt, und morgen um dieselbe Zeit will er wieder zur Kiefer kommen, und wir sollen ihm ja oder nein sagen. Und Salve!

Viertausend Dollar im gesegneten Jahr 59 hieß einen eigenen Hof, weil der väterliche dem ältesten Bruder zustand. So haben wir es zugelassen. Auf den Armen, dem Rücken und dem Gesicht. Und nie bereut. Und möge der Herr Ezra zur Linken Gottes sitzen dürfen, nachdem er für seine Verirrungen gebüßt hat.«

»Was kostet es, die Verse zu lesen?«, fragte ich, denn ich ahnte, dass es sich bei der wunderlichen Begegnung von Anfang an um einen Geschäftsvorgang handelte.

»Kaufen Sie einen Bergkristall oder Amethyst, die Ihrer Haut helfen, die Feuchtigkeit zu speichern. Die Gedichte zeigen wir Ihnen als Zugabe.«

Dann holten sie samtene Tabletts aus ihren Rucksäcken, verteilten darauf Halbedelsteine und legten sie zu meinen Füßen. Ich rief die Haushälterin und trug ihr auf, einige schöne Stücke auszusuchen und vom Wirtschaftsgeld zu bezahlen. Sie entschied sich für drei Opale, die wie Perlmutt schimmerten.

»Darf ich jetzt bitten«, sagte ich, und sogleich entblößten der Mann und seine Schwester ihre Rücken, und ich las die kurzen Strophen der Cantos, deren erste, wie ich bald feststellte, jeweils auf Stirn und Wangen geschrieben stand, die folgenden am linken und rechten Arm und der Abschluss am Rücken. Von der Macht der Andeutungen und den Reisen des Gelächters durch die Lüfte war da auf Englisch die Rede. Ich las wieder und wieder, dann bedankte ich mich bei den Geschwistern und verließ den Salon, um die Schuhe anzuziehen. Auf dem Weg in mein Garderobenzimmer entschied ich, das Hornissennest unter dem Balkon, das ich entfernen hatte wollen, zur Erinnerung an diesen Vorfall bestehen zu lassen.

(1996)

1959

Wenn ich später in die Tanzschule komme, muss ich aufpassen, dass sie mich nicht für den Freitagskurs einteilen. Da riechen nämlich immer alle nach Fisch. Nur die Jüdinnen wahrscheinlich nicht, aber vielleicht können die schon lange Polka und Walzer oder dürfen überhaupt nicht tanzen. Der Paul war dienstags im Anfängerkurs und hat eine mit Schweißhänden erwischt. Die liebt ihn, sagt er. Aber der Paul sagt viel, und dass sein Vater Weltmeister im Schnapsen war, stimmt auch nicht, und Sportauto haben sie auch keines, »nur Schulden«, sagt meine Mutter. Ich mag den Paul trotzdem, weil er der Einzige aus der Oberstufe ist, der mich nicht wie ein Kind behandelt.

Ich war überhaupt nie ein Kind. In kurzen Hosen habe ich mich immer geniert, und beim Wettlaufen bleibe ich plötzlich stehen, weil ich nicht weiß, warum ich so renn für nix und wieder nix. Ich bin auch der Einzige, der in Turnen einen Vierer hat. Geschichte interessiert mich. Die Punischen Kriege, der Absolutismus, das Aufhören der Habsburger. In Gutenstein, wo der Ferdinand Raimund begraben liegt, ist ein Kaiser gestorben, Friedrich der Schöne. Das weiß kaum einer. Die Tante Olga wohnt in Gutenstein, gleich unter der Burgruine. »Die Ruine unter der Ruine«, nennt der Papa die Tante. Er kann schon witzig sein, wenn er will, aber meistens hat er Kopfweh und sperrt sich in der Bibliothek ein. Das salzlose Essen ist auch kaum zum Aushalten. Vom vielen Gesundseinwollen ist er ganz krank geworden. Der Papa kommt aus Prag. Das soll schöner als Wien sein, weil der Fluss wirklich durch die Stadt fließt und man im Winter von den Brücken auf die Eisläufer spucken kann. Im Radio hat ein Dichter gelesen: »Die Donau fließt zum Schwarzen Meer, dort steigt sie auf und kommt nicht mehr.« Der ganze Himmel ist ja voll Dampf gewordener Meere und Flüsse. Ich muss im Lexikon nachschauen, ob das Wort Wolke von Woge kommt. Die Augen tun mir weh. Wenn ich nur keine Brille brauch. Noch etwas Verletzliches an mir wäre zu viel. Das Lästigste ist das ewige Nasenbluten. Die Mama verbietet mir sogar Stofftaschentücher. Jetzt sind natürlich oft die Manschetten dreckig. Schläge krieg ich fast nie. Ich lass mich immer kurz vorher fallen, krümme mich wie ein Igel. »Die Angst ist schon Strafe genug«, sagt dann der Papa, der gar nicht weiß, was Angst ist, weil er Offizier in beiden Kriegen war. Einmal für Österreich und einmal gegen. Aber gegen hat im Zweiten Weltkrieg ja eigentlich auch für Österreich bedeutet. Unser Chemielehrer ist ein alter Nazi mit Schmiss und einem Parteibuch von der FPÖ. »Er wird hoffentlich einmal bei einem Versuch in die Luft fliegen«, sagt der Papa.

Unser Nachbar, der Herr Sech, hat sogar auf dem Kopfpolster ein Hakenkreuz gestickt gehabt. Nach der Befreiung hat ihn der Papa gezwungen, es aufzutrennen und den Zwirn zu schlucken. Der Sech soll um Milde gebettelt haben. Da hat die Frau Sech außerdem auf einen neuen Kopfpolster »Ich bin ein Arschloch« sticken müssen, und auf dem soll der Sech noch heute schlafen. Ich bewundere den Herrn

Sech aber. Er geht seit vier Jahren auf Krücken und kann gleichzeitig seine drei Dackel an den Leinen halten und eine Zigarre rauchen. Auch ist er ein perfekter Tierstimmenimitator und in der Finsternis, wenn er will, von einem wütenden Schwein nicht zu unterscheiden.

In unserer Umgebung wohnen eigentlich nur alte Leute, die wahrscheinlich alle unfruchtbar sind. Ich muss nämlich eine Viertelstunde gehen, um Partner für ein Federballmatch zu finden oder einen Ministranten, wenn ich als Kardinal verkleidet vor dem Sperrholzaltar im Garten ein Hochamt zelebrieren will. Ich glaube, dass ich später wirklich Prediger werde oder wenigstens Schlangenbeschwörer. Ich habe eine Zeichnung von einem Mann gemacht, der auf der Spitze eines Berges steht, und im Tal liegen Hunderte Körbe, aus denen, von seinem Sprechen gelockt, Menschen steigen und einen halben Meter über dem Boden schwebend verharren. So ein Schwebendmacher möchte ich sein. »Man kann alles erreichen, wenn man nur genügend Willen hat«, sagt der Papa. Da irrt er sich gründlich. Die Libelle, der ich letzten Sommer die Flügel ausgerissen habe, hat nicht mehr fliegen können, obwohl sie sicher wollen hat, und der Anderl Molterer hat den Toni Sailer nie beim Schifahren bezwungen, obwohl ihm vor lauter Wollen die Adern aus den Schläfen gekommen sind. Vieles ist, glaube ich, einfach Pech. Manche sagen zum Pech Schicksal. Ich hab überhaupt kein Talent für das Schicksal. Ich wehre mich jähzornig. Gott will sicher nicht, dass man sich dreinfügt. Zumindest was meinen Gott betrifft, kann ich mir das gar nicht vorstellen. Er will, dass wir als Hasen Haken schlagen, und wenn das nichts mehr nützt, uns notfalls in Füchse verwandeln oder in das Gewehr des Jägers oder in den Finger am Abzug des Gewehres oder in was weiß ich. Vergnügen ist das Leben auf alle Fälle keines. Und die sich daraus eins machen, tun mir leid. Der Onkel Viktor hat als Letztes auf seinem Totenbett gesagt: »Und was tu ich, falls es doch einen ewigen Richter gibt?«

Ich hab schon zwei Tote gesehen. Den ersten bei einer Überschwemmung in St. Gilgen am Wolfgangsee. Das war ein Mann, der versucht hat, gekenterte Segelboote wieder aufzurichten. Eines ist aber durch das Hochwasser auf Uferwiesen getrieben, und beim Aufstellen hat der Mast die Hochspannungsleitung berührt, und keiner konnte dem Mann mehr helfen. Wie ein dickes, schimmeliges Brett hat er ausgesehen. Der zweite war die Grete Waltner. Am Wandertag ist sie umgefallen. »Ich erwisch dich«, hat sie noch gerufen, dann hat sie's erwischt. Ein angeborener Herzfehler war das. Jeder Tod ist ja angeboren, nur keiner will ihn glauben. Die Augen von der Grete haben auch so offen gestarrt, als ob sie etwas ganz Unverschämtes sehen würden. Ich hab gar nicht genug kriegen können, die Augen anzuschauen, bis man ihr den grauen Walkjanker übers Gesicht gelegt hat. So einen, wie ihn unser Dienstmädchen am Donnerstag trägt. Da ist ihr freier Tag, an dem sie spazieren geht, bis sie müde wird. Sonst nichts. Nur gehen, bei Regen und Sonne, immer gehen, aber sie kommt nie dorthin, wo sie will. Sie ist zu hässlich für einen Freund und außerdem keine Wienerin. Ich spiel mit ihr gerne Mühle, weil sie meistens verliert. Sie ist genau doppelt so alt wie ich und liebt Nivea Creme so sehr, dass sie sie auch manchmal aufs Brot schmiert und isst.

Weinen tut sie viel. Obwohl sie doch niemanden hat, um den sie weinen könnte. Sie lebt bei uns im Haus, aber niemand weiß etwas Wirkliches über sie. Der Papa hat einmal gesagt: »Keine Kameraderien mit dem Personal. Das Mädel hat ein Recht auf ihr Privatleben.« Aber mich bittet sie oft, sie etwas zu fragen. Wie ihr Geburtshaus ausschaut oder ob sie ein Lied singen kann. Manchmal jodelt sie richtig, aber die wirklich schönen Sachen enden doch immer in Weinen. Die Frauen sind vielleicht ehrlicher als die Männer. Sie schreien, wenn etwas wehtut, und laufen davon, wenn sie einen Ratzen sehen. In der Beziehung bin ich auch eine Frau. Aber beim Kinderkriegen ist es schon besser, ein Mann zu sein. Ich weiß nicht, warum ich so gegen den Papa bin. Er ist mein bester Feind. Bewundert wird er ohnedies von seinen Freunden genug. »Dreizehner« nennen die sich nach dem Regiment, in dem sie im Ersten Weltkrieg gedient haben. Wer nicht vor 1900 geboren wurde, ist kein Erwachsener, meinen die Dreizehner, und wenn es der Bundespräsident ist. Sie sagen zum Oberkellner im Café Rebhuhn genauso »Burscherl« wie zum Domprediger Lavant von St. Stephan und zu meinem Klavierlehrer, dem Herrn Kasparek. Wenn einer von den Dreizehnern ernsthaft krank wird, legen die Gesunden beim Denkmal der Kaiserin Elisabeth im Volksgarten einen Bittkranz nieder. Die Kaiserin ist nämlich unter den Himmlischen die rangälteste Madonna. Sie machen Ausflüge zu den Dachsteinhöhlen und sammeln Schallplatten von Joseph Schmidt. Das war ein Tenor, der vor den Nazis in die Schweiz geflohen ist. Dort hat man ihn in ein Lager gesteckt, bis er verhungert ist.

Wir waren im vorigen Sommer in Zürich und Luzern. Die Schweizer lachen nicht viel und haben, glaube ich, keine Fantasie. Sonst wär nicht alles so sauber, dass man sich direkt schlecht vorkommt, wenn man nicht zehnmal am Tag die Hände wäscht. Fahnen schwingen können sie und sich sicher fühlen. »Die haben noch im Rülpser eine Bügelfalte«, hat der Papa gesagt. Aber das Essen hat ihm sehr geschmeckt.

Der Mama ihr dortiger Verehrer hat Kuttner geheißen und wäre beinahe in seiner Jugend Schriftsteller geworden. Alles an ihm war beinah. Die Eleganz, die Selbstsicherheit, der Reichtum, die Intelligenz. Auch die Mama hat er nur beinah bekommen. Dafür habe ich einen Blick, und der Papa hat einen Blick für das, was er nicht sehen will. Manchmal schlägt er die Mama. Das hat sie gern und verzeiht es ihm nie. Es ist komisch, die Eltern lieben einander unversöhnlich.

Jetzt regnet es. Wenn Blitz und Donner gleichzeitig kommen, ist das Gewitter genau über dem Haus. Es ist schwer, bei so einem Lärm zu schreiben. Die Natur macht mir keine Angst, eher schon die Unnatur. Das Schlimmste ist eine indianische Sängerin namens Yma Sumac. Hoch wie eine Nachtigall und tief wie ein Löwe kann ihre Stimme sein. Der Papa spielt auf dem Grammofon oft ihre Platten. Da halt ich mir die Ohren zu. Ich weiß, dass die Yma Sumac ein Tier in Kleidern ist, und zwar auf den Vorderpranken gehend, sodass das gefährliche Maul zwischen den Beinen der Kostümierung lauert. Von dort her singt die Sumac auch. Ich kann schwören, dass es so ist. Um es zu beweisen, müsste man sie bloß fangen, betäuben und ausziehen. Der Papa hält das für Unsinn, aber Paul würde mittun, und sein Schwager, der Fotograf ist, könnte die Bilder an Zeitungen verkaufen. Für meinen Anteil würde ich in unserem Garten eine sehr hohe Säule errichten und darauf all die Fragen schreiben lassen, die das Dienstmädchen gefragt werden will. Da würde der Papa vor Wut zerspringen.

(1975)

EINE BEGEBENHEIT VOM 2. JULI 1990

Es war einer jener Märzvormittage, an denen das Wetter in Wien etwas Raunzerisches hat, das sich zu keiner Eindeutigkeit entschließen kann. Ich schlenderte durch die Habsburgergasse, als das dunklere von zwei Fiakerpferden, die eine Kutsche aus der Bräunerstraße in Richtung Peterskirche zogen, wieherte. Derart selig klang dieses Wiehern, dass einer der hochgeborenen Lipizzaner aus den gegenüberliegenden Stallungen der Spanischen Hofreitschule es einer Antwort für würdig hielt. Wie Ruf und Gegenruf durch eine Schlucht getrennter Liebender.

Vor mir, zwischen den erstaunlich wenigen Passanten, bemerkte ich einen hageren Mann, dessen Hosenstulpen auf und nieder hüpften, als wären an ihnen unsichtbare Schnüre befestigt, die jemand ebenso Unsichtbarer zog. Der Mann mochte ein Übernächtiger sein, denn seine Kleidung war viel zu feierlich für die Tageszeit, und sein Gang hatte etwas Erschöpftes, während die langen Arme ungeduldig in der Luft nach Halt tasteten. Weiße, stellenweise gelbstichige Haarsträhnen wuchsen einem Nacken entgegen, der sich unter dem Gewicht der zahllosen auf ihm sitzenden Schweißperlen zu ducken schien. Zwei spitz zulaufende Ohren, wie aus mehreren Lagen Blätterteig gefertigt, vervollkommneten ein Bild, das mein Interesse weckte.

»Von einer langjährigen Geliebten kommt er, die mit ihm Schluss gemacht hat«, dachte ich. »Bis vier Uhr früh hat er sie angefleht, ihren Entschluss zu widerrufen, dann wies sie ihm die Türe, und er hat sich in einer Bar betrunken. Dort ist er eingeschlafen, und jetzt irrt er bereits seit einigen Stunden durch die Innere Stadt und hat keinen Trost als seine Trostlosigkeit. Sie wird ihm böse Wahrheiten gesagt haben, die er schon schwer verkraftet hätte, wenn er dreißig Jahre jünger wäre. Wenn ich ihm raten könnte, müsste er sich in der Fleischhauerei Hiblinger eine Semmel mit Krakauerwurst kaufen und auf einen Sitz essen. So etwas bringt klare Gedanken. In manchen Situationen hilft überhaupt nur Krakauer. Alle anderen Hilfsmittel verblassen daneben.

Er weiß es noch nicht, aber er wird keine neue Geliebte mehr finden«, dachte ich. »Zumindest keine, für die er nicht teuer bezahlen muss. Wie sonst sollte er jemand an sich binden? Mit seinen zehn oder fünfzehn Routinegeschichten, die er ein Leben lang verwendete, um an den ersten Tagen einer neuen Beziehung Konversation zu machen? Sie hatten immer nur im Zusammenhang mit dem, was er seine Elastizität nannte, gewirkt. Einer Elastizität, die beinahe schon an Geschmeidigkeit grenzte und die ihm, seit er vor sieben Jahren aufhörte, einen Beruf auszuüben, über Nacht abhandengekommen ist. Geschäftsführer eines großbürgerlichen Restaurants mochte er gewesen sein. Ein unnachahmlicher Grüßer und Handkussandeuter. Und immer während fünfunddreißig Jahren eine Wolke aus Küchengeruch und Kölnischwasser verströmend.«

Ich schritt mittlerweile so dicht hinter dem Mann, dass ich ihn, wie man in Österreich sagt, mit einem Spitz hätte irritieren können.

Eine im Eingang der Michaelerpassage stehende Greisin grüßte lächelnd und nickte aufmunternd, als wir sie passierten. Da ich die Frau nicht kannte, musste die Freundlichkeit dem Mann gegolten haben, der sie mit einem in leichtes Schnauben gehüllten Dankeschön erwiderte.

»Er muss von vorne noch verzweifelter wirken als von hinten«, dachte ich. »Menschen mit Einfühlungsvermögen nicken ihm Trost zu. Vielleicht sind meine Vermutungen gerechtfertigt«, dachte ich. »Womöglich weint der Mann sogar.« Ein regelmäßiges Zucken seiner Schultern ließ darauf schließen. Oder war er so nervös?

Unzweifelhaft fühlte ich mich seit wenigen Augenblicken für den Mann verantwortlich. Ich schaute zum Himmel aus Sorge, es könnte von dorther etwas in die Habsburgergasse stürzen und den Mann und mich unter sich begraben. Ein Meteorbrocken oder ein riesiger bleigefüllter Adler. Gleich dem Bildnis des Schutzengels, der das Kind im tosenden Unwetter sicher über die Brücke geleitet, empfand ich den jammervollen Mann und mich. Blitzen und Hagelkörnern wollte ich Einhalt gebieten und das in sein Herz senken, wonach ihn sicherlich am meisten dürstete: Frieden. Eine Springflut von Mitleid erfasste mich. Mit raschen Schritten wollte ich den Mann überholen, um endlich sein Gesicht sehen zu können. Da warf er unvermittelt einen Blick zurück – und war: der Bundespräsident Dr. Kurt Waldheim.

(1990)

ONKEL PLUMPS

Als Onkel Plumps aus der Emigration in Montevideo 1954 erstmals wieder für wenige Wochen nach Wien zurückkehrte, brachte er dreizehn eindrucksvolle Dinge mit. Einen elektrischen Reisephonografen, zehn Tango-Schellackplatten mit Aufnahmen des Sängers Carlos Gardel, die Überzeugung, dass alle Fußgänger im ersten Bezirk Nazis waren, die man ohrfeigen sollte, sowie eine Gonorrhöe, an der nach seiner Abreise plötzlich mein Kindermädchen laborierte. Onkel Plumps hieß Plumps, weil er als Fünfjähriger während der Sommerfrische einmal in ein Plumpsklo gefallen war, was meinen Vater unbeirrbar glauben ließ, dass damals der Inhalt des Onkel-Gehirns mit jenem der Senkgrube vermengt wurde. »Plumps ist ein Scheißkerl und hat nichts als Kacke im Kopf.« – »Pas devant les enfants«, zischte ihm Mama entgegen und fügte auf Deutsch hinzu: »Neid ist keine Tugend.« Tatsächlich gab es viele Gründe, Onkel Plumps zu beneiden. Er besaß Zimtplantagen in Argentinien, die Generalvertretung für Chevrolet-Automobile in Uruguay und einen verschrobenen Humor, der mir bis dahin in unserer Familie unbekannt gewesen war. Zu einem Gespräch mit dem österreichischen Handelsminister im Café Imperial erschien er im Kostüm eines Gauchos und schlug dem Oberkellner mittels einer Peitsche ein Salzstangerl aus dem Mund, das er ihn, gegen ein hohes Trinkgeld, verpflichtet hatte, mit den Zähnen wie eine Zigarre zu halten. Auch versetzte ihn Wien ab dem zweiten Tag in eine Art Handkussraserei, die nichts als die camouflierte Ohrfeigenlust zur Nazibestrafung war. Wohin er auch ging, zu den Gemüsehändlerinnen des Naschmarktes oder den Billeteuren der Theater, er küsste ihnen überfallsartig die Hand und sagte: »Der Schlag soll Sie treffen für die Zeit von 38 bis 45.« Ich weiß das, weil ich mich als Einziger aus der Familie gelegentlich bereit erklärte, ihn zu begleiten. So war ich auch dabei, als er beim Handküssen vor der Michaelerkirche an einen rüstigen Pater geriet. Der schmiss als Reaktion Onkel Plumps sein Brevierbuch mit solcher Heftigkeit an die Stirne, dass die eingelegten Heiligenbilder im Umkreis von einigen Metern auf das Trottoir flatterten. »Ich war beim Widerstand, Sie Trottel«, schrie der Gottesmann und setzte weniger laut hinzu: »Mein ist die Rache, spricht der Herr.« – »Ich bin ein Herr«, antwortete Onkel Plumps süffisant, »aber wenn Sie wirklich beim Widerstand waren und nicht nur bei jenem, der in Radioapparaten eingebaut ist, dann wird Ihnen mein kleiner Neffe die Heiligenbilder natürlich sorgfältig einsammeln.« So lernte ich in jungen Jahren den Boden vor der Michaelerkirche aus nächster Nähe kennen. Dann lud Onkel Plumps den Pater zu einem Versöhnungsessen in den Matschakerhof. Das Essen bestand aber lediglich aus Slibowitz. Der Pater erzählte, dass er vor seinem Theologiestudium Sportringer gewesen sei, und mein Onkel sagte: »Ich war auch Ringer. In der Schülermannschaft der Hakoah. Schauen wir, welcher Gott stärker ist, der jüdische oder der katholische.« Dann, nachdem sie noch einen

Slibowitz gekippt hatten, begannen sie zwischen den Wirtshaustischen Kräfte zu messen. Zunächst hielten sie sich noch keuchend und im Stehen umklammert, aber plötzlich riss der Pater meinen Onkel hoch und schleuderte ihn auf die Schankbudel. Das Nächste, was ich sah, war, dass Plumps etwas Großes ausspuckte, was sich als sein Gebiss herausstellte. Der Pater sagte: »Der Vatikan hat gesiegt«, und streifte sich den Talar zurecht. Onkel Plumps sagte ein wenig unverständlich: »Sie sind ja doch ein Nazi.« Aber dann, nachdem er sich seine Zähne wieder einverleibt hatte, fügte er zu meiner Erleichterung hinzu: »Sie müssen wissen: In unserer Familie waren und sind alle schlechte Verlierer. Und ich bin aus unserer Familie.«

(1974)

GANZ UND GAR

Manchmal im Juli geht die Sonne scheinbar ein oder zwei Stunden zu früh unter. Das Gefühl sagt einem, dass es noch nicht so spät sein kann, da doch der helle Abend gerade erst begonnen hat, die Vögel in den Baumkronen zu versammeln, von wo sie die Ereignisse des Himmels verkünden. Speziell in jener Landschaft, die der Gardasee von unten und die Almen des Monte Lavino von oben begrenzen, kann der Tag beinahe übergangslos in die Nacht stürzen, als wäre die Dämmerung in den Abläufen zwischen Sonne, Mond und Erde überflüssig.

In der Oleanderallee der Strandpromenade von Gardone vor dem Hotel Savoy spazierte ich, als mich eben jenes Phänomen überraschte und ich von einem Schritt zum anderen des Lichtes beraubt war. Ich blieb stehen und streckte die Hände aus, wie es erwartungsvolle Menschen tun, wenn ihnen ein Geliebter oder eine Geliebte entgegenläuft. Ich weiß beim besten Willen nicht mehr, was mich, der ich weder jemand sah noch erwartete, dazu veranlasste, dies zu tun.

Aber wenige Augenblicke später wurde die Sinnlosigkeit meiner Geste sinnhaft, denn ebenso unerwartet wie zuvor die Finsternis war ein Mädchen erschienen und umarmte mich wortlos, und auch ich umschlang es fest. Ihr Körper drückte vollkommenste Sanftmut aus, und ihre Haare rochen nach Hobelspänen und Sägemehl, als wäre sie die

Tochter oder Frau eines Tischlers. Wir kannten einander nicht, wurden aber durch diese erste Berührung ganz und gar miteinander bekannt. Dann löste sie sich und lief in eine schmale Gasse, die von der Promenade zur Hauptstraße führt. Ich kann sagen, dass dieses Mädchen den seligsten Augenblick meines bisherigen Lebens bedeutet, und trotzdem unternahm ich nichts, um sie wiederzufinden, da unsere Begegnung derart erfüllend gewesen war, dass sie keinerlei Sehnsucht hinterließ.

Manche Leser werden das Unglaubwürdige solcher Vorfälle kritisieren, aber soll ich lügen oder die Wahrheit verschweigen, nur weil so viele Menschen keine Ahnung von den Launen des Glücks haben, auf die ein Taugenichts und Hasardeur wie ich immer gefasst sein muss?

(1992)

DIE HANDBEWEGUNG

Die Mittagssonne hatte Magda ein solches Leuchten in die Augen gelegt, dass sie für eine kurze Weile blind war, als sie das Geschäft betrat, um Stoff für ihr Hochzeitskleid auszuwählen.

Sie lehnte sich an eine der vielen hölzernen Säulen, die das hohe Gewölbe des weitläufigen Raumes trugen, und hörte zweimal jenes dumpfe Knallen, das entstand, wenn Verkäufer mit einer raschen Bewegung die schweren Tuchballen auf die Präsentationstische schlugen. Leise wurde gesprochen, und jetzt zerriss jemand ein Stück Seide, und es klang wie ein langanhaltender ungeschickter Pfiff. Magda wollte weißen Chiffon finden, der ihrem Körper Halt geben konnte, falls er sich vor dem Altar vor Glück auflösen würde. Ein Kleid sollte genäht werden, das eine gleißende Verheißung auf unwiderruflich Seligmachendes war. Denn lange und behutsam hatte sie ihre Zuneigung geprüft, und Gabriels inneres Wesen schien ihren selbstbewussten Wünschen derart vollkommen zu entsprechen, dass ihr seine elegante äußere Erscheinung mit dem ebenmäßigen Gesicht als eine Art verschwenderische Draufgabe erschien.

Magda schritt, mitunter interessiert innehaltend, die Regalwände ab, die sich unter der Last der Waren bogen.

»Womit kann ich dienen, gnädige Frau?«, sprach eine Verkäuferin sie beinahe flüsternd an.

»Ich suche etwas Unvergessliches«, antwortete sie.

»Dann wären Sie gut beraten, sich für mich zu interessieren«, sagte die Stimme eines Mannes, der in unmittelbarer Nähe gerade im Begriff war, ein schwarzes Paket aufzuschnüren. Magda empfand diesen Satz ähnlich dem Läuten einer Glocke, das einen Träumenden in die Wirklichkeit stößt, denn zwischen ihr und den Gedanken an sich als Ehefrau Gabriels schien kein Platz für die Bemerkungen eines Dritten zu sein. Ihr Herz schlug erschrocken, und sie hatte gute Lust, den Verursacher dieser Beunruhigung zu ohrfeigen.

»Sie schauen mich ja an wie einen Feind«, bemerkte der Mann, und Magda erschrak noch einmal und noch heftiger, denn der Fremde gab ihr das unheimliche Gefühl, eine gläserne Person zu sein, aus nichts als Durchsichtigkeit gemacht. Die Verkäuferin, der es widerstrebte, einen Kunden mit Worten zurechtzuweisen, lachte ein sehr kleines, hysterisches Lachen und zeigte einen Gesichtsausdruck, der eine Art dringender Bitte um Frieden war.

Aber der Mann betrachtete nicht die Verkäuferin, sondern Magda, die von seinen Blicken festgehalten schien und derer sich eine Hilflosigkeit bemächtigte, die sie seit ihrer Kindheit nicht mehr empfunden hatte.

»Ich heiße Konrad Trautson und möchte Sie keinesfalls belästigen, es ist ohnedies alles nur wegen der Handbewegung.«

»Wie bitte?«, fand Magda wenigstens Bruchstücke ihrer Sprache wieder.

»Sie haben vorhin eine Handbewegung gemacht, auf die ich in gewissem Sinn seit zwanzig Jahren warte.«

Die Verkäuferin stahl sich mit der Andeutung eines Knickses hinter ein Regal. Magda wollte sie daran hindern und endlich von Chiffon und ihrem Hochzeitskleid reden, aber schon hörte sie sich fragen: »Wie war Ihr Name?«

Der Mann trat drei Schritte näher und brachte einen leichten Geruch von Talkpuder mit sich, der etwas merkwürdig Vertrauenerweckendes hatte.

»Konrad Trautson. Mein Beruf ist übrigens Sterngucker.« Und jetzt fiel Magda auf, wie schön seine Stimme war. Jenes sanft singende dunkle Wienerisch, in das man selbst die größten Gemeinheiten auf das Delikateste verpacken konnte. Er mochte Ende vierzig sein und wirkte wie ein auf zauberische Weise aus der Zeit herausgenommener melancholischer Privatgelehrter, und so etwas Ähnliches musste wohl auch nach Magdas Vorstellung der Begriff »Sterngucker« bedeuten.

»Auf welche Handbewegung haben Sie Jahrzehnte gewartet und warum?«, konnte sie ihre Neugierde nicht unterdrücken.

»Das ist eine lange Geschichte, und es steht mir nicht zu, Sie zu langweilen«, antwortete Trautson, und es klang tatsächlich wie die Einleitung eines geordneten Rückzuges. Darüber erschrak Magda neuerlich, und dieses dritte Erschrecken war das bisher tiefste, denn sie begriff durch das Ausmaß ihrer Reaktion, dass etwas vollkommen Unbegreifliches stattfand: Dieser Sterngucker, Konrad Trautson, von dessen Existenz ihr vor fünf Minuten nicht das Geringste bekannt gewesen war, hatte eine nicht unbeträchtliche Macht über sie gewonnen.

Sie schaute ihm in die grauen Augen, als könnten sie sich öffnen und einen Weg in sein Innerstes freigeben und das Geheimnis offenbaren, das sie bannte und dessen Aufhebung sie finden musste.

»Ist es Ihnen recht, mit mir etwas durch die Stadt zu flanieren?«, fragte er, während er aus dem schwarzen Paket mit der Gebärde eines Taschenspielers einen pfirsichfarbenen Kimono hervorzog.

»Ich möchte Sie bitten, dieses Geschenk anzunehmen. Es ist das Geringste, das ich Ihnen für Ihre Handbewegung schulde. Ich bin ursprünglich an diesen Ort gekommen, um Material für ein passendes Unterfutter zu finden, da das Stück unglücklicherweise an einigen Stellen brüchig ist. Wir können es ihm allerdings nicht verübeln. Es ist über zweihundert Jahre alt und stammt aus der Garderobe der Lieblingskurtisane eines Shogun.«

»Ich bin auf der Suche nach etwas, das mein künftiges Brautkleid werden soll«, stammelte Magda nach einigem Zögern.

»Sie werden nicht heiraten«, sagte Trautson, als verläse er den Inhalt eines Telegrammes. Dann hakte er sich bei ihr unter, und sie sah ihre Schuhe neben den seinen aus dem Geschäft auf das Trottoir gehen und dachte: »Lieber Gott und heilige Maria, was ist Euer Plan? Jetzt bin ich auf der Tuchlauben, und gleich kommt der Petersplatz und dann der Graben und die Spiegelgasse. Wohin führt dieser Weg?«

Und sie spürte zwischen den Fingern ihrer rechten Hand die Seide des Kimonos als etwas, das einen brennenden Schmerz verursachte. Dann, mit beinahe übermenschlicher

Anstrengung, löste sie sich aus dem hypnotischen Zustand, lief einige Meter, blieb abrupt stehen und schrie mit sich überschlagender Stimme: »Gabriel, hilf mir! Wo bist du denn, Gabriel? Mein Mann – rette uns! Ich flehe dich an, rette uns! Jetzt und für immer!«

Trautson begann, im breitesten Dialekt den Refrain eines Wienerliedes zu singen, und Magda empfand den Gesang wie eine Schnur, die sie ungewollt auffädelte. Eine Mitte gab er ihr und ließ sie ein wenig die Fassung wiederfinden. Sie hob den Kimono, den sie von sich geworfen hatte, behutsam vom Boden.

Hoch im blassen Blau des Junihimmels blinkten zwei Donaumöwen, als wären sie fliegende Eisstücke. »Das sind meine Schutzengel«, dachte Magda. »Lieber Gott, lass sie wachsam sein.« Aber da spürte sie schon die Lippen jenes Mannes auf ihrer Stirn, den es nicht störte, dass die halbe Stadt dem Untergang ihrer Prinzipien und vermeintlichen Unumstößlichkeiten zusehen konnte. Sie begriff instinktiv, dass ihr letzter Schutz die Hingabe war und dass jeder weitere Versuch, sich dem Rätselhaften zu entziehen, sie den geringen Rest des Verstandes kosten würde, den sie sich in der vergangenen Viertelstunde bewahrt hatte. So küssten sie sich wie zwei Menschen, die nach langen gefahrvollen Irrfahrten zueinander heimgekehrt waren. »Wie ich ihn liebe«, dachte Magda, und plötzlich schien ihr alles auf Erden unbekannt, außer ihm, und sie selbst namenlos.

(1991)

WIE ES WIRKLICH WAR

»Geh ins Zimmer«, sagte mein Cousin Aristide, »du musst nicht erschrecken, er sieht friedlich aus, zum ersten Mal seit Jahren.«

Die Fenster waren geschlossen, die Vorhänge zugezogen, und die Kerzen hatten viel vom Sauerstoff verbraucht. Um das Bett verteilte Lotusbouquets gaben der stickigen Luft einen Geruch von Kompost. Vater sah tatsächlich aus, als hätte ihm jemand Manieren beigebracht. Seine ganze Fahrigkeit, das ständige Tasten der Zunge entlang der Mundhöhle, das regelmäßig die Wangen blähte, war verschwunden. Die Hände lagen gefaltet über dem Hosenbund, und ihre Finger waren zehn schmale und blasse Straßen, über die Insekten reisten, denn ausgerechnet am Tag nach Vaters Tod schwärmten die fliegenden Ameisen. Überall sah man ihr Getümmel. Die schwarzen Leiber mit den weißen Flügeln. Ich wusste nicht, was sie suchten, woher sie kamen und wo sie in wenigen Stunden sein würden. Immer erschienen sie von einem Augenblick zum anderen, füllten das Haus mit Ekel und verschwanden, wie sie gekommen waren.

Ich wischte einige davon aus Vaters Gesicht. Als ich seine Haut berührte, fiel mir auf, dass ich mich an keine frühere Berührung erinnern konnte. Nie hatte er mich umarmt. Nie mir den Arm um die Schulter gelegt. Nie meine Hand gehalten, um mich über die Straße zu führen. Nie meine Haare gestreichelt. Ich wiederum hätte es gar nicht gewagt, unaufgefordert nach ihm zu fassen. Immer war zwischen uns ein unsichtbarer Graben voll unsichtbarer Brennnesseln. Jetzt bohrte ich meine Nägel in Vaters Daumenballen und wusste, dass er nicht reagieren konnte, und doch fürchtete ich mich.

»Ich bin dir für nichts dankbar«, sagte ich unhörbar. »Nicht einmal für mein Leben.« Er gab keine Antwort. Im Café vor dem blauen Gouverneurspalast erzählten die Erwachsenen manchmal von Toten, die aufwachten, wenn man ihnen unehrerbietig begegnete – les morts reveillés. Auf keinen Fall wollte ich ihm einen Vorwand schaffen, seinen Körper noch einmal zu beseelen. So schaute ich ihn liebevoll an und dachte mir gleichzeitig die schlimmsten und wahrsten Dinge über ihn.

Meine Großmutter bemerkte aus dem Hintergrund: »Du musst jetzt stark sein, mein Kleiner.«

»Ja, ich weiß«, antwortete ich. »Man hat nur einen Vater.«

»Aber er lebt in dir weiter«, sagte sie, »in deinen Zügen, in deinen Bewegungen, in deinen Launen.«

»Das ist nicht wahr, Großmutter«, schrie ich. »Nirgendwo lebt er weiter. Nicht in sich und schon gar nicht in mir. Er besteht aus Aas, und alles andere ist gelogen.«

»Du Armer. Das Unglück wächst dir über den Kopf. Komm zu mir und lass dich trösten.«

Ich schmiegte mich an sie und versuchte zu weinen, aber es gelang nicht. Von außerhalb des Zimmers hörte ich Mutter schluchzen. Sie trauerte für mindestens zwei, und ich bezweifelte die Echtheit ihrer Gefühle. Dann fiel mir aber ein, dass ich stets so innig das Ende des Schuljahres ersehnte und trotzdem am letzten Schultag vor den Ferien immer ein wenig unter Abschiedsmelancholie litt. Woher das kam, war mir unbegreiflich. Vielleicht logen Mutters Tränen also doch nicht.

Die Welt ist ein Rätseldickicht, dachte ich.

Jetzt hörte man die Reifen eines Autos.

»Wahrscheinlich der Leichenwagen«, sagte Großmutter.

Ich konnte mir nicht vorstellen, dass Menschen, die unterwegs waren, einen Verstorbenen zu holen, so schnell fuhren, dass die Reifen beim Stehenbleiben quietschten.

Tote haben keine Eile mehr, man bringt ihnen auch keine Eile mehr entgegen, dachte ich.

»Der Tod ist das Ende der Schnelligkeit«, sagte ich laut.

»Papperlapapp, mein Kleiner. Du solltest dich ein wenig ausruhen.« Damit öffnete Großmutter die Tür zum Gang und befahl ihrer Tochter: »Gib deinem Sohn etwas zu essen, er braucht Kraft.«

»Wer denkt jetzt an essen«, sagte Mutter.

»Alle Hungrigen«, beschied Großmutter.

Im selben Augenblick betraten drei Männer den Gang, der unsere Zimmer miteinander verband. Zwei davon trugen eine lange Metallkiste, und einer war ein Zwerg.

Er flüsterte: »Wir sind gekommen, um unsere Arbeit zu tun. Mögen Sie in den heiligen Worten Trost finden.«

Jetzt begannen alle zu flüstern. »Spät kommen Sie« und »Danke« und »Hier auf seinem Bett ist er aufgebahrt« und

»Jetzt verlässt er endgültig seine Familie und unser schönes Guadeloupe«.

Der Zwerg schien ein Arzt zu sein. Zumindest sprach er größtenteils unverständliche Sätze, als er Vater kurz untersuchte. Ich dachte, wahrscheinlich besaß er vor Jahren eine normale Größe und jedes Mal, wenn er einen Leichnam beschaut, schrumpft er ein wenig.

»Mit Sicherheit ein Herzschlag«, sagte er und rieb mit dem Handrücken seine Nase. »Herzschlag, Sekundentod. Das Ende, von dem ich träume«, fügte er hinzu.

Ich gönnte Vater keinen leichten Tod. Er hatte es uns so schwer gemacht, warum sollte gerade er geschont werden. Vielleicht nur als Atempause vor der Hölle, tröstete ich mich. Jetzt hoben sie den Körper mitsamt vielen Ameisen. Ich sah, dass der Socken an seinem rechten Fuß verkehrt herum angezogen war.

Das geschieht dem alten Pedanten recht, dachte ich.

»Will den Verblichenen noch jemand betrachten, ehe wir den Deckel schließen?«, sagte der Zwerg.

Ich rief: »Ja, bitte, ich!«

»Er ist der einzige Sohn«, erklärte Großmutter.

Ich trat zu der Kiste und sagte, dass es alle hören konnten: »Adieu, Vater. Ich werde dich sehr vermissen. Beschütze uns von da oben.«

Großmutter sagte: »Er liebt ihn so.«

Mutter umschlang mich mit den Armen, als müsste sie mich aus einer reißenden Flut retten. Die Männer schlossen die Kiste und trugen sie fort, wobei sie anstießen und eine Kerbe in den Türstock schlugen. Ich lief auf den Gang und vor das Haus und schaute ihnen nach. Es war ein makelloser Tag. Angereichert mit dem Duft blühenden Jasmins. Das Auto entfernte sich. In der ersten Kurve quietschten die Reifen.

(1999)

EIN RASCHER VORGANG

Er saß mit überkreuzten Beinen auf dem ausgewaschenen grünen Tuch, das vor vielen Jahren seinem Vater als Bettüberwurf gedient hatte. Der Asphaltboden unter ihm vibrierte von den Hunderten Schaulustigen, die, von der Unruhe des großen Platzes angezogen, wie jeden Abend zwischen den einzelnen Attraktionen flanierten. Über ihm waren drei Himmel. Zunächst der des Rauches, den die Kessel- und Kohlefeuer der ungezählten Restaurantbuden ausströmten, dann die höheren Wolken, denen man etwas Beschwingtes, Erleichtertes ansah, denn sie hatten ihre Regenlast bereits an den Hängen des Atlasgebirges abgeladen, darüber das Sternengetümmel, aus dem ihm die Eingebungen zufielen, die sein und anderer Leute Leben bestimmten.

Farouk polierte mit dem Saum seiner Djellaba das tablettgroße Blechschild, das ihn für die Passanten als »Mahrabout und hellsichtig von Geburt an, Ratgeber, Tröster und Schöpfer mit den Mitteln der weißen Magie« auswies. Auf einem kleineren Schild stand: »Hoffnungsspender für Hoffnungslose«. Der mumifizierte Kopf einer Ziege, eine Öllaterne und zwei Fläschchen mit Pfefferminzessenzen waren die restliche Einrichtung seiner fliegenden Praxis, die heute Abend am Djemaa el Fna und morgen am Berber-Markt in Asni ihre Adresse hatte oder in Moulay Brahim. Drei- bis viermal am Tag brachte er das Blechschild auf Hochglanz, denn es war nicht weniger als die materialisierte Stellvertretung seiner Meinung von sich selbst. Inmitten des Staubes und Drecks, inmitten des Getöses und Gestanks hielt er sich für Reinheit und Einkehr und Wohlgeruch. Allah zum Lob, den Irdischen zur Anregung. Er dachte: Kein Mensch, nicht einmal der Prophet, kann eine Orangenblüte sein oder eine Rose. Aber auch kein Mensch muss sein wie die Einfalt der Schafe, das Geschnatter der Wildgänse und der Atem der Makaken. Immerzu sprach er Gebetsformeln und Litaneien, bis ein Kunde das Wort an ihn richtete. Dann deutete er dem Mann, sich zu ihm zu hocken. (Es waren traditionsgemäß ausschließlich Männer, die seine Hilfe in Anspruch nahmen. Manchmal kamen sie allerdings auch im bezahlten Auftrag von Frauen.) »Ist es unerwiderte Liebe, die dir den Schlaf raubt, oder willst du Krankheit bannen?«, begann Farouk das Gespräch seit über vierzig Jahren, wie es sein Vater stets begonnen hatte und sein Großvater und dessen Vater und Großvater, denn seiner Familie war Allahs Befehl, Fels in der Brandung zu sein, bereits in jener Zeit bewusst geworden, die sich in der Erinnerung verliert und von der es heißt, dass damals die Sklavinnen des Sultans noch Flügel besaßen, die sie des Nachts zum Mond trugen. Aber heute richtete seltsamerweise niemand das Wort an Farouk. Als wäre plötzlich alles Unglück ausgesetzt und alle Verzweiflung beurlaubt. Um diese späte Stunde musste er für gewöhnlich, bereits müde vom vielen Aussprechen von Wahrheiten, das dritte Stückchen Maniokwurzel kauen, um die Geschmeidigkeit seiner Stimmbänder zu verbessern. Farouk dachte: »Wenn die Not der anderen tatsächlich ein Ende haben sollte, wird womöglich meine beginnen. Aber Allah weiß, was er tut. Und was er tut, ist wohlgetan.« Dann wartete er weiter und wartete, bis er bemerkte, dass er ganz gegen seine Gewohnheit die Gebetsformeln und Litaneien zu flüstern aufgehört hatte und tief in der Betrachtung eines Kobrabeschwörers versunken war, der sich schräg gegenüber, etwa fünf Meter entfernt, niedergelassen hatte. Der Gaukler war mit einem Trainingsanzug bekleidet und wirkte dadurch wie ein Verrat an dem, was der einzige Sinn des Djemaa el Fna sein mochte: dem Gestern eine letzte Zuflucht in der Gegenwart zu bieten.

Das Nächste, was Farouk bemerkte, war, dass er aus großer Höhe auf eine verschneite Landschaft schaute. Der Vorgang erschreckte ihn so sehr, dass er das Wasser nicht halten konnte. Der Urin floss über seinen ganzen Körper und schien ihn aufzulösen, als wäre er ein Stück Zucker. Schon spürte er seine Beine nicht mehr. Jetzt waren der Bauch und die Brust verloren, jetzt die Arme und Hände. Nur mehr Schulter, Hals und Kopf bildeten einen Torso, der Farouk bedeutete. In der Landschaft unter ihm stöberte ein Sturm im Schnee. Farouk schrie sich selbst an, weil er vermutete, in einen Bann schwarzer Magie geraten zu sein, aus dem es nur durch Selbsterweckung ein Entkommen gab. Aber schon nahmen die Schultern raschen Abschied, sprangen in kleinen Brocken ins Unsichtbare. Ein allerletztes Gefühl von Durst stellte sich ein, und die Ohren hörten noch ein Geräusch, das dem Aufschlagen eines Steines am Grunde eines Brunnens ähnelte. Dann war nichts mehr.

(1999)

CHARIFA

Als sie Charifas Mundhöhle mit Salbei und Kreuzkümmel füllten, war nicht nur ihr Leben beendet, sondern auch der Tag. Dieser fünfte Mai der unbewegten Hitze im Umkreis der Salztümpel, die dem Toten Meer vorgelagert sind. Man erwartet hier keine Marienkäfer, aber plötzlich waren sie mittags in Schwärmen erschienen, als würden sie der Öde durch ihr fliegendes Rot ein Geschenk von Leichtigkeit übermitteln wollen. Für Charifa kam es zu spät. Sie war bereits im Absacken zum Grund ihrer Seele, müde vom langen Tapfersein und dem Großen, das sich erfüllt hatte, und den Wanderungen über von Trockenheit zerrissene Böden.

Früher waren die Gesänge eine Hilfe gewesen. Zunächst bei den Hochzeiten der Gleichaltrigen und später bei jenen der Kinder. Im Schutz des Gesanges hatte sie alle Not hinausschreien können. Denn die Feste der Beduinen sind wehrhafte Antworten auf das Brandeisen der Sonne, das schmerzhafte Reiben des Sandes in den Augenwinkeln, wenn der Finsternissturm aus dem Negev bricht, und den Gleichmut der Männer, die allzu oft aus nichts als Schweigen zu bestehen scheinen.

Charifa war schön gewesen. Bis zu jenem Augenblick, als der Herr ihrer Gedanken und Taten erschossen wurde. Fremde ohne Fantasie mussten es getan haben, denn die geringste Vorstellung von Charifas Verzweiflung hätte sie mit

Sicherheit gelähmt und der Fähigkeit beraubt, Waffen zu benützen. Niemand erfuhr jemals, durch wen und warum es geschehen war, aber es bestand in ihrer Sippe auch keine Tradition, nach Ursachen für Böses zu forschen. Denn die Lenker der Schicksale waren launenhaft, und jede und jeder wusste dies. So lebte Charifa bis zum Ende allein in einem wollenen Zelt, das durch zwei Flicken aus Wellblech auffiel. Das heißt, für die anderen lebte sie allein, und hier beginnt die Geschichte.

Jetzt, wo Charifa tot ist unter den Irdischen und lebendig unter den Himmlischen, darf ich die Wahrheit aufschreiben im Schatten des Eukalyptusbaumes, der noch sein wird, wenn auch wir bei Charifa sind.

Als die Zeit nach dem Mord unter dem mathematischen Gesetz der Traurigkeit verging, das aus Minuten Stunden werden lässt und aus Jahren Jahrzehnte, bürstete Charifa immer und immer wieder ihr volles Haar, das bis zu den Hüften reichte und für ihren Mann die Wellen eines kühlen, dunklen Ozeans bedeutet hatte. Jeden Teil ihres Körpers trug er auf seinem inneren Atlas als Kontinent oder Landschaft, Wasserfläche oder Pol ein. Auch Meridiane war sie ihm und oben und unten und die vier Blätter der Windrose.

Die Haare, die in ihrem Kamm haften blieben, verbrannte sie allabendlich in einem kleinen Feuer, dem sie auch ihre Wünsche anvertraute. Sie wusste, dass der Rauch hoch zu den Palästen der Unsichtbaren dringen würde, wo das Wesen ihres Geliebten ausruhte, dessen Körper jener Steinhügel barg, den sie jederzeit mit einem Spaziergang von vierhundert Schritten erreichte.

Ihre Wünsche lauteten: »Kehre zurück, Herr meiner Gedanken!« oder »Iss wieder das Brot, das ich dir bereite! Von der kräftigsten meiner Ziegen will ich dir Milch und Käse reichen und in der Beuge deines rechten Armes die Muttermale berühren, deren Anordnung das Auge der Fatima bilden.«

Und sie sammelte die Brote, die er verschmähte, weil er nicht wiederkehrte, und legte den Boden um ihre Schlafstatt damit aus, und nachts, wenn sie von Träumen aufschreckte, die angefüllt waren mit furchterregenden Chamäleons und dem Lärm von Hornissen, dachte sie manchmal, die Brote seien Monde, ausgesandt, auf Erden ein Firmament zu bilden.

Die anderen der Sippe achteten Charifa, weil sie besser als die Ältesten aus Kameldung den Verlauf von Krankheiten weissagen konnte oder das Geschlecht eines Kindes sechs Monate vor dessen Geburt. Die eigene Zukunft aber blieb ihr verrätselt, und nicht einmal dem Flug der Störche entnahm sie für sich Auskünfte, obwohl ihre Mutter sie das Alphabet der Flügelschläge gelehrt hatte, mit dem die Tiere Nachrichten aus dem Künftigen schreiben. So wartete sie und wartete auf etwas, das die einzig denkbare Freude gewesen wäre. Aber sie glaubte insgeheim selbst nicht mehr an das Wunder der Auferstehung des Fleisches des Herrn ihrer Gedanken.

Über fünftausend abendliche Feuer hatte sie mittlerweile angezündet, und ihre Einsamkeit wucherte in der Abgeschlossenheit des namenlosen Ortes, der ihre bittere Heimat war. Dann kam ihr sechsunddreißigster Geburtstag, und Charifas Mutter erschien noch vor Sonnenaufgang mit einem blauen Tuch, worin ein silberner Armreif inmitten von Ingwer lag.

»Er gehört dir, Schöne«, sagte die Mutter, denn für sie blieb ihre jüngste Tochter makellos wie die Blüten der Bougainvillea im Tau. »Lebe mit uns in unserem Zelt, wenn dir das deine zu groß ist. Wo viel Platz ist, breitet sich der Schmerz gerne aus.«

Charifa antwortete, dass sie das Feuer hüten müsse, damit der Herr ihrer Gedanken nicht friere bei seiner Rückkunft.

Ihre Mutter sagte: »Die Dornen stechen. Das Wasser ist nass. Die Toten sind tot.« Später legte sich Charifa auf den Rücken nahe dem Widder der Schafherde und betrachtete durch ihre gespreizten Finger das Hasten von Wolken, deren Ränder immer neue Abspaltungen ausspien.

Da spürte sie etwas Lautloses, in sich selbst Geborgenes, das im Kommen war. Und sie bewegte sich nicht und ließ ihre Hände über ihrem Gesicht und stimmte sich ein auf das Ereignis. Und jetzt begriff Charifa, dass es ein Skorpion sein musste. In ihrer Einbildung schuf sie eine jener Musiken, deren Rhythmik den Zuhörer in Trance versetzen und im weiteren Verlauf unempfindlich gegen Schmerzen machen. In einer Art magischem Zeitrafferverfahren verkürzte sie die Spanne zwischen dem ersten Ton und der bei vollem Bewusstsein erreichten Betäubung, sodass sie nach wenigen Augenblicken bereit war, den Stich des Skorpions zu empfangen. Er hatte es aber nicht eilig. Langsam kroch er in Richtung ihres Bauches über ihren Rock.

Vielleicht ist er ein Kundschafter im Auftrag der Unsichtbaren, um herauszufinden, ob ich für die letzte Übersiedlung gerüstet bin, dachte sie, und dann: Möge das Gift seines Stachels mein Blut in einen klaren Quell verwandeln, aus dem die Gazellen trinken.

Nichts dergleichen geschah, das Tier hielt auf der Mitte ihres Leibes inne. Dann drehte es sich dreimal um die eigene Achse, als versuchte es sich einzugraben. Dann hielt es wieder inne. Charifa beschloss, es zu berühren. Es war der Moment, den sie so lange erbeten hatte. Etwas würde sich verändern. Sie hochschleudern aus der Erstarrung ihrer Verlorenheit. Mit beiden Händen bildete sie eine Kuppel und umfing den Skorpion damit. Jetzt schloss sie die Augen und war ohne Gedanken. Ganz und gar hatte sie sich abgegeben an den Willen des Tieres. Vorsichtig klopfte der Stachel an ihren linken Daumenballen und wurde wieder zurückgezogen. Viel oder wenig Zeit verging. Der Stachel klopfte noch einmal, und dann spürte Charifa, wie er entlang ihrer Lebenslinie tastete. Als Folge füllte sich ihr Kopf wieder mit Gedanken, aber es waren nicht nur ihre, sondern auch die des Skorpions.

Seine Entschiedenheit durchdrang ihr Gehirn, und plötzlich verstand sie erstmals die ironischen Gespräche der Dornbüsche untereinander und hörte, mit welcher Verachtung die Zikaden von den Bewegungen der Menschen sprachen, denen jede Anmut fehlte. Und der Skorpion dachte in Charifas Kopf: Über die tausendmal siebenhunderttausend Sprossen der gleißenden Leiter ist der Geliebte zur Geliebten gelangt. Gelockt von ihrem Sehnen und getrieben von seinem Sehnen. In der einzigen Verwandlung, die jener Mühsal gewachsen ist, der Kälte der großen Kristalle aus Licht, die den Weg vom Unsichtbaren zurück ins Sichtbare säumen und der Blendkraft dieser Phänomene: als Skorpion. Nun bin ich mithilfe aller Wohlwollenden am Ziel.

Charifa hob das Tier zu ihrem Mund. Küsste es mit all der Innigkeit, die ihre Lippen seit dem Tod des Herrn ihrer Gedanken aufgespart hatten, und setzte es anschließend behutsam auf den Erdboden zwischen ihren Schenkeln ab. Jetzt schob sie ihren Rock hoch und öffnete mit den Fingern ihr Geschlecht. Als der Skorpion in sie kroch, schlug ihr Herz langsamer als gewöhnlich.

Auch das Reisen der Wolken verlangsamte sich und das Zittern des Vordaches ihres Zeltes in der Brise. Die Welt schien sich ein neues Maß zu geben für das Werden und Abschiednehmen. Ferne oder nahe hörte Charifa den Klang eines Tambourins, und der Skorpion begann zu tanzen. Wie am Abend ihrer Hochzeit, als sie ihn so bewundert hatte, weil er im Kreis der Männer der ideenreichste und geschmeidigste gewesen war. Nur dass er diesmal in ihr tanzte und ihre Seligkeit das Orchester bildete.

(1999)

DER AUFENTHALT IM FREIEN

Der Mann geht auf Händen. Neben seinem Ohr ein Foxterrier, den ein Signal zu seiner Besitzerin zurückholt. Weil jetzt die Böschung zu bewältigen wäre, oder aus einem anderen Grund, hält der Mann und knickt zurück auf die Beine. Es ist der Jugoslawe, den ich am Vormittag das Lied singen gehört habe. Ich erkenne ihn an der grünen Trainingshose mit den rot-weißen Streifen. Ich könnte ihn auch an der tonsurähnlichen Stelle im Kopfhaar erkennen, aber die Hose genügt als Beweis. Um beide Handgelenke hat er Uhren tätowiert. Ich vermute, sie zeigen auf fünf vor halb sechs. Die meisten Bewohner dieser seltsamen Stadt möchten ihre Abende gegen anhaltendere Mittage tauschen, da die Dunkelheit jede Fähigkeit zum Selbstbetrug zurechtweist.

Der Jugoslawe weicht einem Motorrad aus. Das Fahrzeug fährt in Richtung der Silos. Die wirken wie ein Eislaufplatz, den man zum Abtauen an die Wand gelehnt hat. Die Gegend müsste auch dann Winterhafen heißen, wenn das nicht tatsächlich ihre Funktion wäre. Ich bin froh, nur zwei Schiffe zu bemerken. An keinem Ort wirken Schiffe deplatzierter als in Wien. Donau ist ein Wort, in das man Wasser einlassen kann, aber für Schiffe wurde es vom Sprachstatiker zweifellos nicht berechnet.

Der Jugoslawe ist in ein Haus gegangen. Wirtshaus beim Friedhof der Namenlosen. Ich habe keinen Hunger. Ich bin nicht durstig. Ich muss auf das Klo. Ich kann noch warten, bis ich zu Hause sein werde. Auf den Rangiergeleisen vor den Silos zieht eine sehr kleine Lokomotive eine andere, sehr große.

Ich habe seit über zwei Stunden kein Tier gesehen. Keine Katze, kein Pferd, keinen Hund, keinen Vogel. Mir fällt das ein, weil ich erst jetzt erkenne, dass der Foxterrier aus Holz und auf Rädern montiert und seine Besitzerin ein Kind ist, das mich soeben im Passieren gegrüßt hat. Es gibt keinen Grund, den Augen zu vertrauen. Sie halten den Schatten eines Strickes für eine Boa constrictor und drei Stück Kohle für die Kronjuwelen des Heiligen Römischen Reiches.

Ich bin hierhergekommen, um hier zu sein. Mehr gibt es nicht zu sagen. Eine Rotbuche stützt ein Stück Nebel, als drohte es von der Decke eines unmöblierten Zimmers zu fallen. Die Gräber am Friedhof der Namenlosen erzählen Geschichten von vergeudeten Raddampferkapitänen, von geschwängerten Köchinnen, die in den Fluss gingen, weil es der kürzeste Weg in eine bürgerliche Geborgenheit war. Man bekommt vor lauter Stimmung Platzangst. So ist es und ich bin hier. Werde ich in Kürze lachen? Wird mir mein Tod begegnen? Menschenleer ist der Charakter dieser Landschaft. Die Äcker und Unkrautwiesen sind ein Debakel für Spurenleser. Auch ich bin menschenleer. Die Erinnerung an Figuren hat sich von mir verabschiedet. Wenn ich denke: irgendetwas!, erstehen mir Kleiderbügel. Hölzerne Schultern, die aneinanderklappern wie traurige Kastagnetten.

Der Jugoslawe ist mitsamt dem Gasthaus geflohen. Hinter einen Kieshügel, hinter dem die Eisenbahnen rangieren, hinter denen die Silos lauern, hinter denen die Schiffe in der Donau stören.

Mein Tod tritt mich an. Ich bin sein Erbteil von der vernünftigen Lebensangst. Mir ist nicht zu helfen. Einsamkeit ist mein letzter Kontakt zur Gesellschaft. Meine Einsamkeit langweilt mich mehr, als ich es zu beschreiben vermag.

Morgen ist der erste Mai. Das war immer der Stichtag für kurze Hosen. Früher, als ich ein Knabe war und alles um mich herum ein Knabe. Am ersten Mai trug die Welt immer zum ersten Mal kurze Hosen, und der Lainzer Tiergarten präsentierte seine Wildschweine picobello. Auf »immer« ist auch nicht mehr Verlass. Ich bin zu eitel für kurze Hosen. Man könnte sehen, was man ohnedies weiß: dass meine Knie spitz und meine Schenkel lächerlich sind. (Ich dränge den Leuten Geheimnisse auf und horte im Verborgenen Allgemeinplätze.)

Soweit ich hören kann, ist Stille. Als stünden sich zwei mit entsicherten Pistolen gegenüber. Aber es ist nur der Wind, der nicht weht, und der verschwundene Jugoslawe, der nicht singt. Es ist der Lärm der gesammelten Abwesenheit, ein Stück Holz, das sein Knistern für das Verbrennen spart.

Ich gehe. Ein Automobil markiert meinen Abreisepunkt. Einige Augenblicke lang hat es geregnet. Ein Irrtumsniederschlag. Dann sind die Wolken weitergehetzt zur nächsten Probe. In der Sahara existieren Wolkenbrüche, durch die man trocken marschieren kann, weil das Wasser wegen der großen Hitze zwölf Meter über dem Boden verdampft.

Hier in Wien erreicht uns alles. Einmal trudelte ein Blatt so unglücklich von einem Baum, dass es mir in der Wange einen leichten Schnitt zufügte.

(1973)

DER GLÜCKLICHSTE MENSCH VON WIEN

Quasniak hatte eine seltsame Krankheit, die man die »Heimkehrerverzögerung« nennen konnte. Er benötigte nämlich stets einige Stunden, um die wenigen Meter zwischen Haustor und seiner Mezzaninwohnung zu bewältigen. Wie die Choreografie einer archaischen Beschwörung sah es aus, wenn er zunächst zwei oder drei langsam wiegende Schrittfolgen vorwärts unternahm, dann aber in gegrätschten Sprüngen weit zurückstrebte, um für Minuten schwer atmend innezuhalten. Es war, als wüsste er um die Existenz eines tödlichen Feindes, der ihm zu Hause einen Untergang bereithielt.

Wenn ihm bei seinen Anstrengungen jemand begegnete, schlug er die Hände vor die Augen und flüsterte: »Ich, meine Herrschaften, keinesfalls.« Dieses Benehmen stand im Kontrast zu seiner englisch anmutenden Erscheinung, sodass manche ihn für einen ausländischen Diplomaten hielten, den das Wiener Klima den Verstand gekostet hatte. Er ging aber anscheinend überhaupt keiner Beschäftigung nach als dem hastigen Verlassen des Gebäudes um die Mittagszeit und später nach ausdauerndem Herumirren in den Gassen des ersten Bezirkes jener krebsartigen Wiederannäherung an sein Junggesellendomizil.

Die anderen Hausbewohner nahmen an Quasniak keinen

Anstoß. Er war nämlich der alleinige Besitzer des Gebäudes und hielt die Mieten im Verhältnis zu Größe und Ausstattung der Wohnungen unfassbar gering. Ihnen allen schien eine günstige Wohnung bedeutend angenehmer als ein unauffälliger Hausherr. Ja, sie hatten es sich zur Gewohnheit gemacht, bei Gesprächen Quasniak nicht zu erwähnen, weil sie einen Zusammenhang zwischen dessen Heimkehrverzögerung und der Miettiefe vermuteten, den sie nicht durch Beachtung verschreien wollten.

Mit den Jahren entwickelte sich Quasniaks ungehindertes Tun zu immer radikaleren Formen. Eine Art Veitstanz in Zeitlupe im Stiegenhaus wurde es, angereichert mit tierischen Schreien und Gotteslästerungen. Wenn er einem seiner Mieter begegnete, spuckte er ihm ins Gesicht und drosch mit dem Regenschirm auf ihn ein. Die Opfer aber stellten sich blind, gefühllos und taub und versuchten zu lächeln, als hätte er ihnen lediglich einen guten Tag gewünscht.

Eines Tages würgte Quasniak eine hausfremde Pensionistin, die vom Besuch ihrer im zweiten Stock ansässigen Schwägerin zurückkehrte, derart, dass sie eine Kehlkopfquetschung erlitt. Die Frau alarmierte die Polizei, und Quasniak wurde auf das Unsanfteste arretiert und vom Amtsarzt in die Psychiatrie eingewiesen. Dort, nahe der orientalischen Kuppelkirche Otto Wagners im Pavillon Nummer 7, stellte sich alsbald beim Primarius eine hochrangige, aus einem Ministerialrat und einer Staatsanwaltswitwe zusammengesetzte Delegation von quasniakschen Billigmietern ein, die die völlige Harmlosigkeit und vorbildliche Gesundheit ihres Hausherrn zu bezeugen suchte.

Die Staatsanwaltswitwe beschwor sogar, den nach einer Kopfwehtablette heischenden Quasniak irrtümlich mit einer Halluzinationen hervorrufenden Arznei aus dem Nachlass ihres in seinen elenden Sterbenstagen auf derlei zur Schmerzabwehr angewiesenen Gatten versorgt zu haben. Wenn einer auf die Psychiatrie gehöre, so sei sie es, wegen ihrer für andere lebensgefährlichen Zerstreutheit, und nicht Quasniak, dieser Inbegriff des soliden Mitbürgers und fürsorglichen Nachbarn.

Der von diesem Wortschwall durchaus beeindruckte Primarius übergab Quasniak den Mietern auf Revers. Schon vom Rücksitz des ministerialrätlichen Opel Kapitän erbrach sich der Undankbare auf die Nackenpartie seiner verwitweten Retterin. Im Wagen entstand ein hysterischer Tumult, an dessen Ende der chauffierende Ministerialrat das Bremspedal mit dem Gaspedal verwechselte und das Vehikel erst wieder in der mit Südseefetischen dekorierten Auslage eines Sonnenstudios zum Halten brachte.

Kurz darauf standen, wie man früher sagte, Pferd und Reiter in Flammen. Der Motor hatte sich entzündet, und der dabei entweichende theatralische Rauch ermöglichte es Quasniak, unbemerkt zwischen den nachmittäglichen Passanten das Weite zu suchen. Der Ministerialrat und seine dank Quasniaks Erbrochenem nicht eben begehrenswert aussehende Beifahrerin hatten zunächst ausführlich, was man in Österreich Scherereien nennt.

Der Besitzer des Sonnenstudios drohte ihnen mit seinen tiefgebräunten Fäusten. Schaulustige riefen ebenso originelle wie unhöfliche Bemerkungen über die fahrerischen

Fähigkeiten des Unglückslenkers. Dieser verschlimmerte die Lage aufs Meisterlichste, indem er in panischer Verwirrung an die Umstehenden Visitenkarten verteilte, die seinem Rang als Respektsperson des Ministeriums für Handel und Gewerbe Nachdruck verleihen sollten.

Die herbeischlendernde Polizei leistete gleichmütig das Ihre, um die Dinge zu verrätseln. Es ist keine Übertreibung, dass schließlich niemand wusste, ob der Opel in das erbärmliche Schaufenster eingedrungen war oder dieses sich in einer jener märchenhaften Anwandlungen, da die starren Dinge ein Eigenleben entwickeln, gefräßig des Automobils und seiner Insassen bemächtigt hatte.

Quasniak aber lag mittlerweile auf einer Bank des Auer-von-Welsbach-Parkes gegenüber dem Haupteingang des Technischen Museums und starrte seinen Atemwölkchen nach. Dann streckte er beide Arme himmelwärts und war für einige Minuten der glücklichste Mensch von Wien.

(1985)

DAMALS

Das Etablissement hieß »Feigls Weltschau« und war nicht mehr als eine mittelgroße Bretterbude mit einem Fassadengemälde, das den Wundersüchtigen üppige Nahrung versprach. Einäugige Riesen und boxende Kängurus, Sioux-Indianer und siamesische Zwillinge waren affichiert. Meine schöne Großmutter sagte: »Je mehr sie versprechen, desto weniger halten sie.« Aber ich bestand mit all der Beharrlichkeit eines neugierigen Siebenjährigen auf dem Besuch, und Minuten später saßen wir auf groben Holzbänken in der Dämmerung eines staubigen Zuschauerraumes. Ein tirolerisch kostümierter Liliputaner spielte auf der Trompete den Donauwalzer. Dieser Vorgang verströmte Traurigkeit, sodass Großmutter sich an das Begräbnis des hochwürdigen Herrn Priors erinnert fühlte. »Am Weg zum Grab herrschte ein solches Donnerwetter, dass ich Angst hatte, ein Blitz könnte den von den Trägern hochgestemmten Sarg treffen, und der Prior wäre doppelt tot.« – »Sei still, Großmutter«, flüsterte ich ihr zu, »ich will nichts versäumen.« – »Man versäumt nie etwas, das wirst du schon noch merken«, flüsterte sie zurück. Jetzt verbeugte sich der winzige Tiroler, und dabei tropfte aus seinem Instrument ein wenig Spucke. Als Nächstes wurde ein Duo angekündigt, das lebende Zierfische schlucken konnte und nach einer Minute ebenso lebend wieder ausspeien. Großmutter sagte sehr laut: »Tier-

und Menschenquälerei.« Ein betrunkener Mann zwei Reihen hinter uns sang »O sole mio, wos mocht denn die do!« und lachte ausführlich über seinen eigenen Scherz. Die beiden Künstler betraten die Bühne. »Es sind Chinesen«, flüsterte ich. »Ja, aus Ottakring«, war Großmutters Einschätzung. »Sie haben Schlitzaugen«, flüsterte ich. »Sie sind Schlitzohren«, flüsterte sie. Das Duo bestand aus einem korpulenten Glatzkopf und einem zopftragenden Geschöpf, dessen Geschlecht ich nicht klar erkennen konnte. Großmutter, die häufig in meinen Gedanken las, flüsterte: »Es ist das Fräulein von der Kassa. Vor zehn Minuten hat sie noch kurze blonde Haare gehabt.« Der Glatzkopf entnahm einer Milchkanne drei Fische in der Größe von Teelöffeln. Ihre Schwänze zuckten, während er an die Rampe trat, um das Publikum von der Lebendigkeit seiner Requisiten zu überzeugen. Jetzt riss er den Mund auf und verschlang unter Anfeuerungen seiner Partnerin eins nach dem anderen die Tiere. Der Betrunkene rief: »Da, Jonas schluckt den Walfisch! Des is amol was anders! Heast, Jonas, tua ma an Gfalln, schluck nur für mi die schiache chinesische Krot neben dir, dass ichs nimmer siech, des Raskachl.« Die Beschimpfte ließ alles China China sein und tobte: »Halt die Pappn, du Bsuff, du Kunstbanause.« – »Scheanglate Pissoirforelln!«, konterte der Betrunkene. Inmitten des Tumults versuchte der Artist, die Fische wieder aus dem Magen heraufzuwürgen, aber auf Grund der mangelnden Konzentration verlief die Vorführung nicht ordnungsgemäß. Er begann zu röcheln, stocherte sich panisch mit den Fingern im Mund herum, hüpfte mehrere Male, röchelte noch stärker und wurde schließlich blau im Gesicht. »Marantjosef, Fritzi, derstick mir net!«, schrie die Assistentin. »Hau eahm am Buckl«, schrie der Betrunkene. Großmutter sagte: »Avanti, wir gehen auf der Stelle.« Dann zerrte sie mich am Arm aus der Schaubude. Ich sah gerade noch, wie der Chinese zu Boden stürzte, und hörte die Worte des Betrunkenen: »Des is amol ausnahmsweise sei Eintrittsgeld wert!« Auf der Straße streichelte mir Großmutter über den Hinterkopf und meinte beschwörend: »Das war alles nur ein lächerlicher Traum.« Von diesem Tag an interessierte ich mich für das Varieté.

(1997)

JACOB FRIEDKINS ERINNERUNGEN AN VERLORENE FOTOGRAFIEN

I

Im Jahre 1952 fuhr man von Wien aus mit dem Kraftwagen drei Tage in jenes Internat, das meine Familie für mich ausgesucht hatte. Les Ciernes in den Bergen der französischen Schweiz: Bauernunterkünfte aus geräuchertem Holz, Felswiesen, Schieferbaldachine über den Aufmärschen der Königskerzen. Die Felder wurden von Nonnen bestellt, deren Schwanenhauben die Sonne blendeten. Sie zogen mit Sensen den Hängen einen Scheitel. Im Oktober knüpften sie tagsüber Rosenkränze und beteten diese während der Nacht. Sie stammten aus kinderreichen Familien oder hatten einen Körperfehler. An Sonntagen kauften sie sich beim Krämer eine Überraschungstüte, einen kleinen Sack mit Süßigkeiten, auf dessen Grund ein wertloser Kinderring oder ein Bakelitpüppchen zu finden war. Dann lachten sie, das springende Lachen der Einfältigen, und steckten den Fund einem Buben zu, einem Buben, der seine Hände während der heiligen Wandlung besonders ruhig gehalten hatte.

Ich verweigerte die Annahme von Belohnungen, ging durch die Ratschläge meiner Erzieherinnen mit völliger Konzentration auf meine Wunschbestimmung: Kardinal zu werden. Einen herzförmigen Moosklumpen balancierte ich zu gewissen Stunden auf dem Kopfe und wähnte den Apostel Paulus im Inneren jener Unwetter, deren Kontinuität 35 Hektar Hochwald gespalten und gerodet hatte. Den Lawinen war ich zugetan, sie waren geheimnisvoll wie die Séancen im Musikzimmer des Wiener Loos-Hauses meiner Großmutter. Nicht das große Geheimnis lehrte mich Furcht, sondern das kleine, funktionelle. Das Steigen und Fallen des Lichts, die Handzeichen des Jägers, wenn er nach Osten wies, der Druck der eigenen Zunge am Gaumen, die Logik des Algebraischen, die Kanten der Stühle. Ich hätte gern einem Walfisch einen Pingpongball von der Fontäne geschossen, aber das Pfeifen eines Zuges zu ertragen, näherte sich der Grenze meiner Kraft.

Eines Abends übergoss ich die Füße der aufgebahrten Pförtnerin mit gestohlenem Wundbenzin, ließ einen Brand entstehen, küsste ihr geweihtes Brustkreuz, zog die Erinnerung ein und machte mich auf den Weg nach Italien.

2

Vor dem Kirchgang schiebe ich meine Hand in die Rechte meines Vaters, wie eine Brille in ihr Etui. Wir gehen an den drei Tabaktrafiken, dem Monopol der Kriegsinvaliden, vorbei, zum großen Kaufmannsladen, und begutachten die Etiketten der Konservendosen. Wochentags werde ich mein Taschengeld für Inzersdorfer Leberpastete ausgeben. Ich werde sie in meinem Lieblingsbombentrichter am Küniglberg heimlich öffnen. Ich werde jahrelang mein Taschengeld für Inzersdorfer Leberpastete ausgeben, um eine Dose zu entdecken, die irrtümlich leer ist. Ich wünschte, alle Konserven wären leer. Oder in den Gulaschdosen lägen Ravioli und in den Raviolidosen kalifornische Pfirsiche, mit Karotten gemischt. Aber die Firma Inzersdorfer war unfehlbar. Sie verpackte Nahrung ex cathedra.

Damals sagte Vater: »Dillsauce ist die großartigste Speise des Universums. Die wirklichen Schönheiten haben in ihren Adern Dillsauce. Lola Montez und die selige Kaiserin Elisabeth, unter den Lebenden nur noch Fräulein Emmy aus der Wallace-Drogerie und Ava Gardner.«

3

Der Winter kam aus zweiter Hand. Eine finnische Leihgabe, Schnee durch den Fleischwolf gedreht. Erbrochene Wolken. Nur die Kälte ist ortsansässig.

Vater war kein guter Tänzer. Die Pirouettennatur der Commedia dell'arte hatte von ihm Abstand genommen. Zu Weihnachten fasste er die Köchin um die Hüften und stapfte durch den Rhythmus einer elegischen Glenn-Miller-Platte, als wären die Parketten aus Torf. Die Mutter wurde von seiner Gleichgültigkeit an die Wand gedrückt. Weißwäsche war sie. Weißwäsche in der Trockenzentrifuge.

4

Unsere Köchin war keine Schönheit. Früher hatte sie in Imst in einem Elektrogeschäft als Verkäuferin gearbeitet. Ihr Weg in die Stadt kam einer Zukunft-Entziehungskur gleich. Vom Kinderzimmer aus konnte man ihre türlose Schlafkammer beobachten. Zeitig zog sie den Tag und das Haus auf. Um sieben Uhr zehn bog sich ihr Körper gegen den Kleiderkasten. Sie hielt sich schief, als trüge sie in der rechten Hand ihre bodenlastige Jungfräulichkeit. Wie wächserne Glocken hingen ihre Brüste unter dem schlechten Atem, der Mundartwörter vor sich hertrieb. »Steh auf, Eierspeistrapper, geh Lulu und Aa, dann kriagst a Schmalzbrot und a Packerl Hausdetschn, dasd urndlich munta wirst.«

Für sie waren alle Männer Schweine, bis auf Vater, der kein Mann, sondern Kommerzialrat war.

5

Es war ein Oktober. Unter den Bäumen lag Herbst. Die Sonne löschte sich in dem breiten, waagrecht hängenden Fluss, für den man den Horizont hätte halten können.

Ein weißes Automobil hielt vor der jesuitischen Glaubenskaserne, ihm entstieg die Mutter von Nummer 42, frisierte sich hastig mit Zeige- und Ringnagel, trug das Haar wie eine übervolle Tasse, trug es vor ihren Sohn und sagte: »Du bist Halbwaise.«

Der schwammige Grandseigneur, Scharlatan jeglicher

Überlebenskunst, hatte vor einer Thrombose kapitulieren müssen. Einem Blutgerinnsel in der Größe eines zweikarätigen Diamanten.

Was von ihm blieb, waren 63 Maßanzüge, Borsalinoherden, elektrische Handschuhstrecker, monogrammierte Batisttaschentücher in monogrammierten Lederschatullen, ein Adressheft, als habe er die Funktion eines Lektors für amtliche Telefonverzeichnisse innegehabt, Orden, kein Testament, jene automobilfahrende Witwe und Nummer 42 mitsamt seinen Erinnerungen an den Vater, deren letzte einen kirschkernspuckenden Faun mit deckweißüberschminkten Adern an den Waden zeichnete. Der kondolierende Generalpräfekt hob die Internierung im Internat vorübergehend auf. Für den Montag wurde die Einäscherung anberaumt. Bis dahin verstrichen noch drei Tage, Zeit genug, zu bemerken, wie die Hausgehilfin im Bidet jenes urindurchtränkte Leintuch ausschwemmte, das zum Leichentuch geworden war.

6

Vater war da. Der Geruch von Kölnischwasser ist sein Herold. Aus seiner Person klettert Sauberkeit, die nur mehr durch Diener zu verteidigen ist. Er ist ein Herr. Herr muss man über jemand sein. Über sich selbst ist er es wohl nicht, also braucht er Diener. Er war da und hat erzählt.

So ist es. Wie eine Drehorgel beginnt er sich unaufgefordert zu spielen. Offenbarungseide der Erfahrung, des Misserfolgs, der Selbsttäuschung.

»Mit Musil war ich in Brünn in der Schule«, sagt er, »Smetana hab ich dirigieren gesehen. Sechseinhalb Stunden sind die Husaren bei Innsbruck für den weißen Kaiser gestanden. Sicher ist ihm vom vielen Winken die Hand eingeschlafen. Wie ein Herzschuss rann die Sonne aus, die Fräuleins mit den Samtkleidern und den angewachsenen Ohrläppchen sind heute auch schon neunzig. Und ihre Sehnsucht nicht jünger.

Immer so groß im Abschiednehmen sind wir gewesen, unsere Gedanken winkende Taschentücher auf dem Perron des Entfernens. Vierzehn Kinder hat meine Mutter großgezogen und keins ist früher gestorben als nötig. Und vierzehn Taufpaten aßen zu Neujahr die steirische Wildpastete und jeder war ein Österreicher mit einem Glauben und dem dazugehörigen lieben Gott. Überhaupt diese Maiandachten. Hektografierte Zusatzstrophen, hektografierte Besinnung. Maria durch ein Dornwald ging.

Kyrie eleison! Zobeltaschen und feiertags der Raseur, der die Erstarrung reizt und die Rätsel zurechtbürstet.

Was ruft der Knopfkönig? Die Kammmacher? Das wäre dann schon erledigt. Ich weiß mich erschöpft, die Schläfen als Metronom meiner Unruhe. Sohn, Sohn Du! Soll kommen, wer will. Wenn er die Operette leiden kann, den Tremoloblähhals der Konfektionssoubretten. 1921 hatte so eine vierzig Vorhänge, und Blumen stürzten auf die Rampe wie eine Heuschreckenplage. Ich will keine Frauen. Trennung von Tisch und Bett und Name und Daimler-Benz. Ich ahne, wo alles enden wird. Sohn.«

Vater war da. Und dann war er wieder da mit einer Geschichte, die ihm Martin Buber erzählt hatte: »Als ich aus dem Walde trat, sah ich einen Buckligen, der mit einer Leimrute Zikaden fing, als läse er sie mit der Hand. Du bist geschickt!, rief ich, gibt es einen Weg dazu? Es gibt einen Weg, antwortete der Bucklige. Fünf oder sechs Monate übte ich mich, zwei Bälle auf meiner Leimrute zu wiegen. Als sie nicht mehr fielen, verfehlte ich nur noch wenige Zikaden. Als ich drei Bälle wiegen konnte, verfehlte ich von zehn Zikaden nur eine. Als ich fünf Bälle wiegen konnte, fing ich Zikaden, als läse ich sie mit der Hand auf. Ich halte meinen Körper wie einen Baumstumpf, meinen Arm wie einen abgestorbenen Ast. Von Himmel und Erde, so groß sie sind, und den vielen Dingen darin, weiß ich nichts als die Flügel meiner Zikaden. Ich wende mich nicht, ich neige mich nicht zur Seite, ich tausche nicht für alle Dinge die Flügel meiner Zikaden. Wie sollte es mir nicht gelingen?«

Vater war da. Und dann war er wieder da. Unavisiert. Er schlägt mit der Faust auf den Tisch des Gesichtes der Mutter. Die Köchin Trude als entmilitarisierte Schürzenzone, in die das Kind flieht: »Er wird die Mami nicht erschlagen. Und wenn er's tut, hab ich mein Sparbüchl, und wir füttern Rehe im Lainzer Tiergarten.«

Wolfgangsee-Sommerfrischlertragödien wegen Mutters Liebhabern. Abgemusterte Majore der ehemaligen deutschen Wehrmacht waren das, Dufreunde von passionierten Regattenverlierern und Combomusikern, Cha-Cha-Cha-Frischlinge im Strandkaffee. Fortwährend Tragödien. Ein Falscher, der im falschen Augenblick das Falsche tat. Ein Richtiger, der im richtigen Augenblick das Falsche tat. Und immer im Juli oder August. Selbstmordversuche mit der spannungslosen Regelmäßigkeit von Monatsblutungen. Einmal versucht sie sich im See zu ertränken, überquert aber lediglich so lange brustschwimmend die Breite über den Aalen und Regenbogenforellen, bis Vater sie mit einem Holzboot einholt und ihr minutenlang das Paddel auf die Badehaube drückt, um ein für alle Mal der Koketterie mit dem Sterben eine ernste Note zu verleihen. Aber sie hat ihn überlebt. Vater war da, und jetzt ist er nicht mehr da.

7

13. Juli 1949. Was für ein Tag. Großmutter liegt wie Seidenpapier im Sarg. Man könnte sie um einen Kamm falten und darauf das »Schlafe mein Prinzchen« blasen. Ihr Lächeln sieht aus, als habe der überirdische Sachbearbeiter als Zeichen der Erledigung einen Haken gemalt. 85 Jahre hat sich der Leib bewährt. Beim Radfahren, Bergsteigen, Kinderzeugen, In-den-Bunker-Laufen, hüpfend im Kurs der Isadora-Duncan-Schule, beim Knien vor dem Tabernakel, winkend auf Schiffen und Bahnhöfen.

Jetzt liest ein Herr Pfarrer: Wir sind nur Gast auf Erden und wandern ohne Ruh, mit mancherlei Beschwerden, der ewgen Heimat zu.

Mir dauert das alles zu lange. Das Leben, das Sterben und das Beerdigen.

Großmutter ist tot, da muss ich nun keine Alma-Käseschachteln mehr mit Buntpapier bekleben, für ihren Namenstag.

(1969)

DER ERSTE MAI

Auf dem frotteeüberzogenen Badezimmerhocker lag, von der Kinderfrau für mich herausgerichtet, die kurze Lederhose. Stark nach Naphthalin riechend, voll der Fett- und Farbflecke, als Nachlass unbeschreiblicher Abenteuer. In dem augengroßen Schlitz über der linken Stulpe steckte der kurze Solinger Hirschfänger mit dem Krickelgriff aus Kunststoff. Den Trägerbügel schmückte, zwischen zwei gestickten Enzianblüten, das Wort: »Holodrio«.

Untrüglich war erster Mai.

Der Tag, den Vater zum Sommerbeginn ausgerufen hatte.

Der Tag, den wir – familientraditionsgemäß – bei vollkommen verdunkelten Fenstern im Haus verbrachten, damit nicht ein Schimmer auf der Straße feiernder Sozialisten und Kommunisten, einer Arbeitertanzgruppe oder ähnlicher Scheußlichkeiten zu uns dringen konnte. Gegen die Musik der vorbeiziehenden Blaskapellen warfen wir das Grammofon in die Schlacht. Mit Toscanini-dirigierten Verdi-Ouvertüren, Harry James' Trompeten-Soli und dem zu meiner Verzweiflung dutzendmal wiederholten Überziehercouplet von Armin Berg.

Während draußen – bei von Vater unabhängig vom tatsächlichen Wetter mit der Begründung »Petrus ist keine Rothaut« als »Proletenhurrikan« bezeichnetem Wetter – Genossinnen und Genossen die Internationale anstimmten, sangen wir: »Schau ich weg von dem Fleck, ist der Überzieher weg.«

Gegen Mittag brach stets eine Euphorie aus, als wäre große Gefahr gebannt und über den Maiaufmärschen eine ruinöse Falle zugeschnappt. Es wurde Eierlikör ausgeschenkt, und Tristan und Isolde, die beiden Wellensittiche, durften einige Stunden frei in der Bibliothek herumfliegen.

»Wir wollen zueinander ehrlich sein«, sagte Vater, »lasst uns also schweigen.« Solche Sätze benützte er, um lästiger Konversation auszuweichen. Der mit Tante Luise zum Beispiel, die, aus Pietät ihren drei verstorbenen Ehemännern gegenüber, in Ausnahmesituationen zum Essen geladen wurde und viele Tage ihres langen Lebens damit beschäftigt war, das von Halbwüchsigen immer und immer wieder auf zahllose Planken, Mauern und andere Flächen geschriebene obszöne Wort FUT mit einigen Strichbeifügungen in AUTO zu verändern. Die einzigen mir bekannten Folgen ihres sittenkämpferischen Vorgehens waren, dass, zumindest in unserer Familie, die beiden Begriffe ausgetauscht wurden. Demzufolge das Wort Auto als etwas unerhört Ordinäres galt und man erschreckte Passantenblicke gewöhnt war, wenn Vater rief: »Der Chauffeur soll mit der Fut vor dem Restaurant warten.« Oder »Seien Sie so gut, Dworschak, stellen Sie die Fut in die Garage.«

Am ersten Mai waren Scherze allerdings nicht angebracht. Der grüne Lampion in der Küche leuchtete milde zu Ehren eines besseren Morgens. Und als »besser« galt, wenn die Straßen wieder den eiligen Fabrikanten gehörten.

»Eine Frage des Ausweichens ist es«, erklärte Vater.

»Weicht man mir aus, oder muss ich ausweichen? Meine Kinder sollen in einer Welt leben, in der man ihnen ausweicht.«

»Und wenn man uns nur aus dem Wege geht, ist das dasselbe?«, fragte ich.

»Wir wollen zueinander ehrlich sein, lasst uns also schweigen«, antwortete er rasch.

So war er. Als exzentrischer Reaktionär konnte ihm niemand das Wasser reichen. Am 1. Mai 1956 brannte ich – mit Lebkuchen, all meinen Ersparnissen und einer Karte von Niederösterreich – in Richtung Gloriette, nach Schönbrunn durch. Am Haupteingang hatte ich elf Luftballons gekauft. Sie sollten mich forttragen, hoch hinaus. Ein Bruder der Amseln wollte ich sein, um Vater einmal – ein einziges Mal – von oben herab ganz klein zu sehen.

(1998)

PALLAWATSCH

Ich schreibe das für die Schwedin auf. Damit sie weiß, was ich erlebe. Sie fragt ja immer: »Was gibt es Neues, Pallawatsch?« Aber wenn ich versuche zu antworten, wächst mir ein unsichtbares Stück Holz im Mund. Das hindert mich am Sprechen. Zumindest am Sprechen von dem, was ich eigentlich sagen will. Das Holz gibt es nur in Anwesenheit der Schwedin. Bei allen anderen sind meine Gedanken klar. Sogar wenn Papa herumbrüllt und seine Stimme, wie das Dienstmädchen sagt, der Milch eine Haut macht. Die Schwedin ist gar keine Schwedin, sie wohnt nur am Schwedenplatz in einem Gebäude, das die amerikanischen Bomben verschont haben. Rundherum wird fast alles neu gebaut, da haben dann alle Wohnungen innen Klos, und man muss sich nicht mehr so grausen, weil man das Sitzbrett dauernd mit Fremden teilt. Wir haben drei Klos in unserer Wohnung, die heißen Toiletten, und auf einem davon hat sogar schon der Erzherzog Eugen sein Geschäft verrichtet. Aber das war vor dem Hitler-Krieg, und damals soll der Papa noch fesch gewesen sein und die Mama in ihn richtig verliebt, so wie die Paula Wessely in den Rudolf Forster im Apollo-Kino. Vor dem Hitler-Krieg muss eine andere Welt gewesen sein. Mit viel mehr Beinen und Armen. In der Babenbergerstraße neben dem Kunsthistorischen Museum treffen sich nämlich immer die Invaliden und warten auf etwas, und viele von ihnen starren so vor sich hin, als würden sie in tiefe Brunnen schauen. »Die sehen das früher«, hat der Papa einmal zu mir gesagt. »Was sieht man da?«, wollte ich wissen. »Das kommt darauf an, ob es das ›früher‹ oder das ›ganz früher‹ ist. Im ›ganz früher‹, da waren auch sie Kinder wie du jetzt und konnten Diabolo werfen und die Sonne durch Rußgläser betrachten. Dann im ›früher‹ aber sind die Galläpfel zu Herrschern geworden und haben jedem etwas gestohlen. Großmutter und Großvater das Leben, mir meine Freude für immer, Deutschland und Österreich die Ehre und denen dort den Schlaf und das Augenlicht, einen Fuß oder zwei, und manchem noch die Hände dazu oder alles auf einmal.«

Ich weiß, dass ich ein Glückskind bin, weil der Krieg schon vorbei war, als ich geboren wurde. Deswegen bin ich auch ein Wiener Bub und kein Londoner Boy. Denn die Eltern haben sich 1938 vor den vielen Mördern nach London geflüchtet, weil dort ein dicker Mann gelebt hat, dem der Papa mehr vertraut hat als dem lieben Gott. Der Mann heißt Mister Churchill, und ich bete jeden Abend für seine Gesundheit und für eine gute Tabakernte, damit ihm seine Zigarren schmecken. Das Gebet hat mir der Papa befohlen. Der ist so. Er kann nur anschaffen. Nie sagt er ›Bitte‹ oder ›Danke‹. Das meiste an Papa ist ein Donnerwetter. Manchmal weint er aber auch ohne sichtbaren Grund. Dann ist sein Gesicht viel schöner, und er kommt mir nicht wie eine Festung vor, sondern wie ein Dorf. Und ich kann mich an ihn lehnen. Und er legt mir einen Arm um die Schulter und es ist, als ob etwas Namenloses durch uns geht, das traurig macht. Die Mama sagt, das wäre das Jüdische, aber sie kann nicht erklären, was sie damit meint.

Gegenüber dem Schwedenplatz ist der Donaukanal. Und hinter dem Donaukanal beginnt für den Papa Russland. »Wer nach Russland geht, ist verloren«, sagt er. »Dort ist das Denken verboten, und es hat um zwanzig Grad Celsius weniger als bei den Amerikanern, Engländern und Franzosen.« Mein größtes Unglück ist allerdings, dass der Wurschtlprater auch in Russland liegt und das Kindermädchen und ich immer riskieren, in Sibirien zu enden, wenn wir heimlich mit der Grottenbahn fahren. »Die Russen haben zwar Wien befreit«, sagt der Papa, »aber sich selbst nicht.«

»Hüte dich vor Schnurrbärten«, hat er gestern verkündet, »der Hitler und der Stalin und der Kaiser Wilhelm und Pontius Pilatus haben Schnurrbärte getragen.« Und die Mama hat geantwortet: »Red dem Kind keinen Blödsinn ein. Woher willst du wissen, wie der Pontius Pilatus ausgesehen hat?« Da hat der Papa geschrien: »Aus meinen Träumen weiß ich es! Wir tarockieren ja manchmal im Traum zu dritt mit dem Doktor Lindinger.«

Da war auch die Mama fuchsteufelswild. »Der Lindinger ist der berühmteste Urologe von Wien, der hat nachts sicher Besseres zu tun als mit dem Pontius Pilatus und dir zu tarockieren, und jetzt fallt mir grad ein, dass der General de Gaulle auch einen Schnurrbart hat. Fast den gleichen wie der Hitler. Und der de Gaulle ist doch ein Held.«

»Der de Gaulle hat keinen Schnurrbart, sondern einen Moustache, das ist ganz etwas anderes.« So streiten meine Eltern wegen nix und wieder nix.

Mir kommen die Erwachsenen so innerlich durcheinander vor. Wie Straßenbahnen sind sie, die sich ständig verfahren. Wenn sie zum Parlament wollen, landen sie am Zentralfriedhof oder umgekehrt. Dabei sagen alle zu mir Pallawatsch, und gerade mein Leben ist doch so eindeutig. Ich möchte Imker werden. Der bedeutendste Bienenzüchter, seit sich die Welt dreht. Das ist es, was ich auch schon so lange der Schwedin erzählen möchte: Sie soll sich keine Sorgen um die Zukunft machen. Für alles werde ich aufkommen. Und die Blässe wird ihr Gesicht verlassen, weil wir ja in den Süden übersiedeln nach Sizilien, weit weg von den Russen und der Kälte.

»Auf Sizilien blüht es nicht nur manchmal wie bei uns zu Muttertag im Stadtpark, sondern die ganze Insel ist immerzu auf Blüten und Duft gebaut«, sagt der Rittmeister von Hebra, der jeden Donnerstag bei uns mit der Mama Bridge spielt. »Die Häuser haben dort Fundamente aus Veilchen und Rosen. Dahin möchte ich Sie entführen, gnädige Frau«, hat er ihr einmal zugeflüstert, aber ich habe es trotzdem gehört, weil ich ganz nahe unter dem großen Esstisch gelegen bin, um aus Matadorteilchen den Eiffelturm zu bauen. Der Esstisch ist von einer weißen Brokatdecke geschützt, die fast bis zum Boden reicht. Das ergibt zwischen den Tischbeinen eine Höhle, und dieser Raum ist mein Friedensgebiet. Wenn die Eltern abends ausgehen, ins Konzert oder zum Tanzen ins Casino Zögernitz, sitzen das Dienstmädchen und ich im Friedensgebiet und spielen Domino oder Himmel und Hölle. Wenn ich dreißigmal gewonnen habe, darf ich einmal durch ihren Pullover die Brüste des Dienstmädchens berühren. Und wenn sie hundertmal gewonnen hat, muss ich ihr ein paar von Mamas Nylonstrümpfen stehlen. Das Dienstmädchen hat große Pläne. Sie möchte einmal glücklich werden. Ich kenne niemand, der wirklich glücklich ist.

»Das Glück ist nicht von dieser Welt«, sagt der Papa. Aber in der Welt der Insekten gibt es das Glück, und wer mit ihnen lebt, wird angesteckt davon. »Woher hast du diese Idee?«, hat mich das Dienstmädchen gefragt. »Aus der Luft«, habe ich geantwortet, »die Luft weiß es. Weil sie nichts zu tun hat, als alles Fliegende zu beobachten. Und die Luft zeigt es mir.«

Das ist keine Lüge. Ich kann wirklich mit dem Unsichtbaren reden. Aber nur, wenn es will. Es meldet sich mit einem Geruch wie frische Semmeln. Mitten in der Schulstunde oder beim Drachensteigen oder vor dem Einschlafen. Ich rieche es plötzlich und fühle, jetzt wird es gleich wieder möglich sein. Dann kommt eine innere Stimme und erzählt und gibt Auskunft. So ist auch der Plan mit dem Imker-Sein entstanden. Ich stelle mir vor, dass die Schwedin und ich in einer großen, hellen Wabe wohnen werden, und wenn wir ausgehen, umschließen uns Gewänder aus Bienen, die vor den dummen Ideen dummer und langweiliger Leute schützen.

Der am wenigsten langweilige Mensch, den ich kenne, heißt Sangpur Singh. Er trägt einen blauen Turban und darunter Haare bis zu den Hüften, die niemand sehen darf, mit dem er nicht per du ist. Nach Wien ist er gekommen, weil die Königin von England auch Königin von Indien war und er für diese Frau in den Krieg ziehen wollte. Zuerst war er Fallschirmspringer, jetzt ist er Chauffeur bei der britischen Kommandantur, und in seiner Freizeit bügelt er die Anzüge und Krawatten von Papa. Krawatten bügelt man im Dampf eines Teekessels, und im Dampf wohnt auch einer von Sangpur Singhs Göttern: der Dampf- und Nebelgott aus dem Himalaja. Die indischen Götter sind sehr schnell und übersiedeln in Augenblicken von Asien in unsere Küche, weil sie überhaupt kein Gepäck haben.

Der katholische Gott Jesus muss ja Tag und Nacht sein riesiges, schweres, hölzernes Kreuz mittragen, und das macht ihn ziemlich langsam. Und wenn man ihn dringend braucht, kommt er meistens zu spät. Vom jüdischen Gott soll man sich kein Bild machen, aber ich stelle mir immer etwas vor. Ich weiß gar nicht, wie man es tut, dass man sich nichts vorstellt.

(1995)

ADLITZBEERE

Ich sehe die Berge gerne aus der Ferne, aber nichts zieht mich hinauf zu ihnen. Meine erstrebenswerten Gipfel sind das Erleben von Schubert-Klaviersonaten oder das Lachen meines Sohnes. Von dort habe ich jene Aussichten und Einsichten, jenes Gefühl der besonderen Gottesnähe, von dem Alpinisten so überzeugend berichten können.

Trotzdem beginnt diese Geschichte in den Alpen. Dort, am Rande der Baumgrenze, wächst nämlich eine Frucht namens Adlitzbeere. Aus ihr wird ein klarer Schnaps gebrannt, der mir unbekannt war bis zu jenem Abend, als mir der Wirt des Restaurants Pannitzer eine Flasche davon auf den Tisch stellte. »Es wirkt anders als Zirbengeist oder Wodka«, sagte er kryptisch. Dann fügte er hinzu: »Adlitzbeere ist gut für Situationen, die eines besonderen Antriebes bedürfen. Sie schafft beschwingtes Glück.«

So trank ich dankbar einige Gläser davon, denn ich befand mich beim Pannitzer, um mit einer klugen und schönen Dame zu speisen, bezüglich derer mir Körper, Seele und Geist dringend rieten, eine zwischen ihr und mir seit Monaten schwelende Verstimmung in makellose Versöhnung zu wandeln. Als die Dame und ich den Kaiserschmarren mit Zwetschkenröster erreicht hatten, war ich bereits derart illuminiert, dass ich gegen jede Gewohnheit laut zu singen begann. Und zwar das berühmte Lied vom Prinzen Eugen, der eine Brücke schlagen ließ, um in Belgrad ein wenig Verwüstung und Brandschatzung veranstalten zu können. Ich wusste zwar, dass ich mich idiotisch benahm, aber das Idiotische war mir in diesem Zustand äußerst angenehm.

Nach zwei weiteren Portionen Adlitzbeere verspürte ich das Bedürfnis, den Gästen des Lokals eine patriotische Rede in der Sprache der Rhesus zu halten, die ja bekanntlich Affen sind. Dies war kein schlechter Erfolg, denn ein Russe mit prächtiger Gaunervisage klebte mir, mich wohl für einen Sektenprediger haltend, eine Spende von 5000 Schilling auf die etwas verschwitzte Stirn. Mit diesem Vermögen beschlossen die kluge und schöne Dame und ich, das Stundenhotel »Orient« am Tiefen Graben aufzusuchen.

Dort begegneten wir vor der Rezeption dem verschämt seine Rechnung bezahlenden Generaldirektor eines so genannten heimischen Weltunternehmens, der, als er mich sah, sein breitflächiges Gesicht unter einem kleinen Papiertaschentuch zu verbergen suchte. Ich fragte ihn, einen ironischen Rettungsring in den Ozean seines Unbehagens werfend: »Was treibt denn Sie um Mitternacht hierher in die Minoritenkirche?« Er antwortete, meinen Rettungsring beiseitestoßend: »Mir, Verehrtester, ist das alles noch sehr viel peinlicher, als Sie ahnen können.« Und weil das Schicksal, wie es heißt, auch Launen hat, kam gerade in diesem Augenblick die Ursache seines Orient-Aufenthaltes, sich die Frisur zurechtrückend, die Stiege herabgeschlendert. Es war immerhin die Kammerschauspielerin Ostertag, Gattin eines dem Opus Dei nahestehenden Rechtsanwaltes und Immobilienhändlers. Sie hieß unter Eingeweihten Kammerschauspielerin, weil sie mit Vorliebe in der strengen Kammer spielte und damit ausgelastet schien, all jene Sünden zu begehen, die ihr hostiensüchtiger Gemahl, wenn er denn von ihnen gewusst hätte, als die »wilden Ferkeleien Beelzebubs« bezeichnet hätte.

Die Kammerschauspielerin lachte laut auf, als sie meine Begleiterin und mich bemerkte. Dann sagte sie mit ihrer Salzburger Stimmfärbung: »Nicht wahr, meine Lieben, es gibt ein Leben vor dem Tode.« Dieser für meinen Geschmack sympathische Ausspruch versetzte der Laune des Herrn Generaldirektors den Gnadenstoß, und ich hatte direkt das Gefühl, diese Laune, Gestalt geworden, neben dem Schirmständer beim Rezeptionspult entseelt hinsinken zu sehen. Ausdruckslos und ohne sich zu verabschieden trat der einflussreiche Mann auf die Straße, und die Kammerschauspielerin folgte ihm, als bilde sie die Spitze einer Triumphprozession zur Feier der Vernichtung aller Prokuristen, Direktoren und Generaldirektoren.

Zehn Minuten später bewegten sich der Körper der klugen und schönen Dame und mein weniger begeisternder in dem Spiegelhimmel des breiten Bettes auf Zimmer 34. Ich will hier nur erzählen, dass wir unsere Versöhnung nicht bereuten, aber die Adlitzbeeren zumindest mich mit einer etwas hysterischen Art von Wahrnehmung ausgestattet hatten. Ständig fürchtete ich, die Geliebte könnte ähnlich einem Puzzle in Teile zerfallen, sodass ich von einer gewissen Erleichterung berichten muss, als ich sie gegen halb zwei Uhr morgens beim Platz vor der Mariensäule Am Hof zu einem Taxi begleitete, mit dem sie ganz und gar unzerbröselt heimwärts fuhr. Mir blieb der Wunsch, mich zu erfrischen und klar im Kopf zu werden. Daher beschloss ich, auf dem Graben zu spazieren.

Die Nacht war kühl, und die Wolkenschiebereien über Wien spiegelten eine unerklärliche Unruhe wider, als wären sie der ins Gigantische vergrößerte gläserne Plafond von Zimmer 34. Heftige rote, ockerfarbene und lila Bewegungen waren dort oben und nahmen dem anämischen Mond dazwischen jede Bedeutung. Als ich in den Kohlmarkt bog, geschah das Ungewöhnlichste, das mir im ersten Wiener Bezirk begegnet ist. Mitten durch das, was man in Rom oder Paris wohl ein Provinzgässchen, aber in Österreich eine Nobelstraße nennt, galoppierte in wildem, schnaubendem Durcheinander eine Herde prachtvoller weißer Pferde. Ihre Hufeisen verwandelten gerade den Boden vor der Konditorei Demel in einen Funkenteppich. Ich war überzeugt, vollends das geistige und seelische Gleichgewicht verloren zu haben, und sprang mit einer Behändigkeit, die ich noch niemals zuvor an mir beobachtet hatte, in die Hauseinfahrt neben der Buchhandlung Berger, wo mich vor Angst eine Art glühender Schüttelfrost traktierte. »Es ist ein Skandal, dass man LSD verbietet und Adlitzbeere erlaubt«, dachte ich. »Morgen, wenn ich ausgenüchtert bin, watsche ich den fahrlässigen Wirt Pannitzer, wie es Rauschgifthändlern gebührt, in Grund und Boden.«

Jetzt stoben die Pferde mit wehenden Mähnen und Gewieher an mir vorbei Richtung Tuchlauben. Sirenen und Alarmhupen von Einsatzkommandos verwandelten die Umgebung in etwas geradezu Kriegerisches. Fenster wurden hastig geöffnet, aus denen schlaftrunkene Bürger mit Anzeichen von Panik schauten. Aus dem hinter meinem Rücken gelegenen Haustor erschien gespenstergleich eine Greisin im viel zu kurzen blauen Schlafrock und murmelte Stoßgebete. Polizisten liefen brüllend herum, und viele von ihnen lärmten auf ihren Trillerpfeifen, als wollten sie sich selbst Mut machen.

Ich begriff langsam, dass ich nicht halluzinierte. Etwas ganz und gar Reales, Katastrophales musste dieses Chaos ausgelöst haben. Meine Furcht trat zugunsten einer Neugier zurück, die mich hoffen ließ, Zeuge von etwas Wesentlichem zu sein. Ich wurde nicht enttäuscht, denn tatsächlich war in nächster Nähe ein Ereignis im Gange, das auf lange Zeit das ganze Land beschäftigen sollte. Die Hofburg brannte. Genauer, der Trakt der Redoutensäle am Josefsplatz. Beim Versuch, die unmittelbar daneben befindlichen Stallungen der Spanischen Hofreitschule zu evakuieren, waren die nervösen Lipizzaner den wachhabenden Stallknechten und freiwilligen Helfern entkommen und über den Michaelerplatz, teils in die Herrengasse und den Volksgarten und teils an mir vorbei auf den Graben geflohen. Die Wolken, die mir aufgefallen waren, zeigten den Widerschein des Flammengetümmels der tief unten liegenden kaiserlichen Dächer, und für einige bange Stunden lief Wien Gefahr, sein Gedächtnis, die barocke Bücherkathedrale der Nationalbibliothek, gegen Glut, Schlacke und Rauch zu tauschen oder, nicht weniger schlimm, durch die Wasserflut der Löscharbeit schwer zu beschädigen. Was diese Löscharbeit betraf, so versammelten sich um die Brandregion immer mehr und mehr Feuerwehrautos, deren rote Lackierung im Flackern der Blaulichter und Suchscheinwerfer wie eine etwas kühle, bodennahe Erweiterung der Flammen wirkte. Aus den meisten Fahrzeugen ragten dicke, pralle Schläuche und auch von den Hydranten wanden sich Schläuche um und in das von Magirusleitern umstandene Gebäude, das dadurch inzwischen dem riesenhaften Patienten einer gewaltigen Intensivstation mehr ähnelte als der Stadtresidenz der Habsburger. Ich reihte mich unter die Schaulustigen, deren größerer Teil ihren reinen Genuss am Geschehen mit Bedauern oder Empörung tarnten. Nur ab und zu entdeckte ich ältere, weinende Menschen, die fassungslos in den Tumult starrten, als handelte es sich dabei auch um ein Krematorium, das ihre eigenen Vergangenheiten und Lebensentwürfe zu Asche verwandelte.

Von einer Telefonzelle aus rief ich die kluge und schöne Dame an, um ihr von meinen Erlebnissen nach unserer Verabschiedung zu erzählen. Aber sie schnitt mir das Wort ab und sagte: »Ich habe für heute Nacht wirklich von deinen Exaltiertheiten genug.« Dann legte sie auf, und ich verharrte für Augenblicke mit dem Hörer am Ohr, um dem trostlosen Signal der unterbrochenen Leitung zu lauschen.

(1992)

EIN EHRENTAG

In dem kleinen Ort am Gardasee, der mein bestes Zuhause ist, gibt es einen Friseur. Man nennt ihn Signor Vittorio, und mit seinem krummen Rücken und dem hervorspringenden Kinn ähnelt er einer großen Schildkröte. Anlässlich seines 86. Geburtstages ehrte man ihn auf dem zypressenumkränzten Hauptplatz mit einer Feier, die mich an ein Wirklichkeit gewordenes patriotisches Gemälde des Zöllners Rousseau erinnerte. Zum Abschluss trat Signor Vittorio selbst vor die etwa zweihundert Gratulanten und hielt eine Rede: »Italiener, Freunde, geschätzte Mitbürger«, begann er, »es drängt mich, Ihrer Liebenswürdigkeit mit Aufrichtigkeit zu begegnen. Mit zwölf Jahren begann ich meine Lehrzeit im Salon Murazo in Brescia. Bald bemerkte ich, dass ich nur Talent für Dienstleistungen bei Männern besitze. Frauen sind zu geschwätzig, wissen selten genau, was sie wollen, und rauchen ihre Zigaretten noch beim Ondulieren und unter der Trockenhaube. Bei Männern ist alles rasch getan. Die Stammkunden antworten auf die Frage ›Wie immer?‹ mit einem Kopfnicken. Dann schließen die meisten ihre Augen und geben sich Bildern hin, die nichts mit meiner Arbeit zu tun haben. Die Männer in unserer Gegend sind einsilbig. Das ist ein großes Glück. Es begünstigt meine Konzentration. Meine Freunde, Haareschneiden ist keine gewöhnliche Tätigkeit. Die Haare sind etwas Mystisches und verlangen, ernst genommen zu werden. Seit fünfundsiebzig Jahren erzählen sie mir ihre Ansichten und die Ansichten und Aussichten ihrer Träger. Den Tod eines Mannes kann ich deshalb auf den Monat genau voraussagen. Natürlich tue ich es nicht, aber glauben Sie mir, wenn ich es täte, würde ich mich selten irren. Bücher sollte ich schreiben über die Launen der Lockenwirbel, den Eigensinn der Schnurrbärte, die Mimosenhaftigkeit der Nackenhaut oder das armselige Auf- und Abtanzen der Adamsäpfel. Die Jüngeren haben keine Ahnung mehr, was der Beruf bedeutet. Welcher Hingabe und Genauigkeit es bedarf. Sie stecken keine Halskrause aus Watte mehr in die Hemdkrägen der Kunden, um das Eindringen von geschnittenen Haaren zu verhindern. Sie verwenden kein Talkpuder mehr, um der Haut nach den Rasuren zu schmeicheln. Sie finden es unter ihrer Würde, das Haar in den Nasenlöchern und am Rande der Ohren zu schneiden. Sie fassonieren keine Augenbrauen mehr. Sie sind zu faul, Rasierschaum mit dem Pinsel selbst anzurühren, damit er die einzig erlaubte Konsistenz erhält. Sie wärmen sich die Hände nicht mit heißem Wasser, ehe sie mit dem Gesicht eines Kunden Kontakt haben. Sie wissen nicht, dass ein Friseur immer den wohlriechendsten Atem haben muss und dass Musik im Geschäft einem Verbrechen gleicht, weil das Klappern der Schere eine Melodie schafft, die dem Meditationsgesang buddhistischer Mönche verwandt ist und von nichts übertönt werden sollte. Die Friseurkunst ist am Ende, meine Lieben. Die für Männer, meine ich. Verehrte Freunde, ich verwende noch acht verschiedene Scheren. Von jener für den Grobschnitt bis zu der gezahnten für das Effilieren. Drei verschiedene Kämme. Einen für das Heben der Haare, einen anderen für das Frisieren, einen dritten mit sehr schmalen Zwischenräumen für das, was man das Auskehren der Schnitthärchen nennen könnte. Rasiert werden darf nur mit dem aufklappbaren Rasiermesser. Man schärft es vor jeder Anwendung auf dem schwarzen Schleifband. Alles andere ist Dilettantismus der unerträglichsten Art. Und jetzt noch eine Hauptsache. In den ersten Salons meiner Jugend wurden die Haare nach dem Waschen mit Handtüchern trockengerieben. Keine Föns oder elektrischen Wärmehauben. Das schädigt die Haarstruktur. Trockenreiben und anschließend 20 Tropfen Mandelöl in die Kopfhaut einmassieren. Kein Quäntchen weniger und kein Quäntchen mehr. Für Glatzen ist überhaupt Mandelöl das Idealste. Manchmal in meinen Träumen regnet es Haare, und sie drohen, alles Leben zu ersticken. Unaufhörlich fallen Haare in allen erdenklichen Farben vom Himmel. In meinem Traum machen mir dann die Honoratioren des Ortes ihre Aufwartung. Also Sie, lieber Herr Bürgermeister, und Sie, meine verehrten Herren und Damen Gemeinderäte, und Sie, würdiger Herr Pfarrer. ›Signor Vittorio‹, flehen Sie in meinem Traum, ›helfen Sie uns. Sie allein haben Macht über das Unbegreifliche.‹ – ›Gut‹, sage ich, ›wenn es sonst nichts ist‹, und trete vor das Haus. Als Nächstes strecke ich den runden Spiegel himmelwärts. Sie wissen schon, diesen Spiegel, mit dem ich für gewöhnlich den Kunden das Ergebnis meiner Arbeit von allen Seiten zeige. Der Spiegel blinkt in der Sonne und die Haarplage ist augenblicklich beendet. Ein-, zweimal im Jahr besucht mich dieser Traum, und nach dem Aufwachen denke ich manchmal, wessen Haare es da wohl regnet? Es könnten die Haare Gottes sein, meine lieben Freunde. Schwarze, blonde, rote, weiße Haare, glatte und gekräuselte, lange und kurze, denn Gott ist ja alles. Italiener und Sudanese, Japaner und Indio, Frau und Mann, Kind und Greis. Die Haare Gottes, meine Freunde, die ihm der heilige Friseur des Paradieses schneidet. Die Vielfalt der Haare Gottes. Wer könnte beweisen, dass meine Vermutung falsch ist?«

(1997)

OLGA CATOR

Es gibt besonders fröhlich anmutende Menschen, die bestehen im Grunde aus nichts als unterdrückten Wutanfällen. Olga Cator gehörte zu dieser Sorte. Hätte man ihr Feinstoffliches obduziert, wären all die falschen Entscheidungen zutage gekommen, die ihr bisheriges erwachsenes Leben geprägt hatten. Auf Wunsch ihres Vaters war sie Rechtsanwältin geworden, aber was sie tatsächlich interessierte, war Archäologie, und den von ihr für die Simschek AG bravourös gewonnenen Kartellprozess Simschek gegen Edlinger hätte sie jederzeit dafür getauscht, die kleinste assyrische Statue mit eigenen Händen aus dem Boden um Ninive zu bergen. Ihr Ninive in Liebesangelegenheiten übrigens hieß Dr. Erich Feuer. Derjenige, den sie vor über dreizehn Jahren unter dem Schluchzen ihrer kleinadligen Familie geheiratet hatte, trug allerdings den Namen Paul Cator und verdiente seinen Unterhalt als Teilhaber einer Fabrik für Sicherheitsschlösser. Am Anfang hatte es zwischen ihnen so etwas wie ein erotisches Vergnügen gegeben, aber bald beobachtete sie an ihrem Gatten eine Art des Augenverdrehens beim Orgasmus, die nur mehr das Weiße des Glaskörpers sehen ließ, und dies wirkte auf Olga dermaßen ekelerregend, dass Paul für sie fast nur mehr aus dieser ein wenig wässrigen Weiße bestand. Manchmal fragte sie sich, was sie daran hinderte, auf und davon zu gehen. Jedes Mal lautete ihre Antwort: »Ich habe keine Antwort.« Auf diesen vier Worten sind wahrscheinlich Millionen Lebensruinen gebaut. Und doch ahnen die wenigsten dieser Ruinenbaumeister, dass hinter dem »Ich habe keine Antwort« eine Art geistiges Stemmeisen seiner Benützung harrt, um Auswege zu schaffen. Es ist wohl jene tiefe, innere Müdigkeit des Unglücklichen, die Befreiungstaten verhindert und ihn einer Person ähneln lässt, die inmitten eines Zimmerbrandes nicht die Kraft findet, den rettenden Feuerlöscher von der Wand zu heben und zu betätigen. Aber unter der Müdigkeit befindet sich zumeist eine unerhörte Wut und über der Müdigkeit eine verlogene Fröhlichkeit.

Olgas Gesicht war von solch verlogener Fröhlichkeit geradezu verwüstet. Dies missfiel Paul und veranlasste ihn, sich zweimal monatlich im Bordell so schlecht zu benehmen, wie er es zu Hause gerne getan hätte. Ihm fehlte es nämlich nicht wie Olga an Wachheit, sondern an ganz ordinärem Mut, um seinen Sehnsüchten zu folgen, als deren eindrucksvollste man einen Hang zu Wirtschaftskriminalität nennen müsste. Häufig träumte er, dass seine Gattin ihn als juristische Vertreterin der geschädigten Seite in ein scharfes Kreuzverhör nahm und er, unfähig zu Geschicktheit, alles gestand, dessen er sich schuldig gemacht hatte und sogar mehr. An den Vormittagen nach solchen Albtraumgeschehnissen sandte er Olga für gewöhnlich einen Strauß Rosen und Lilien in der Hoffnung, damit ihr Ebenbild zu besänftigen, das sich nachts in seinen Ängsten tummelte. Sie aber war nach Erhalt der Blumen stets für Stunden von der Beharrlichkeit seiner Liebe gerührt, und ebenso lange kam ihr die Frage, was sie am Auf- und Davongehen hinderte, nicht in den Sinn. Sie dachte vielmehr: Vielleicht ist mein Unglück ohnedies die äußerste Form von möglichem Glück, und diejenigen, die auf mich glücklich wirken, sind in Wahrheit noch viel unglücklicher als ich.

Dass sie Paul mit dem Dr. Feuer nicht nur in Gedanken, sondern auch in Taten betrogen hätte, kam nicht infrage, weil sie sich keine Niederlage leisten wollte. Das heißt, sie war sich nicht sicher, ob das Objekt ihrer Begierde sie für ein ebensolches hielt. Merkwürdigerweise fehlte ihr jedes Einschätzungsvermögen ihrer Chancen bei Männern, obwohl sie bei Gericht ein beinahe untrügliches Gefühl für Prozessausgänge besaß. In Olgas Dasein bewegte sich wenig. Alles Wesentliche war statisch. Das Traurige und das Erträgliche, das: Ich hab keine Antwort, und die Gewissheit, dass Ninive die Rettung wäre, blieben unverrückbar an ihrem Platz. Dies hatte den Vorteil, dass Olga alle Gedanken und Gefühle immer sehr rasch finden konnte. Sie war die geordnetste Katastrophe, die man sich vorstellen konnte.

Aber eines Abends geschah etwas, das unserer Geschichte noch eine Wendung gibt. Bei einer jener Familienfeiern, auf der die Älteren das Fehlen der Monarchie beklagten und manche der Jüngeren die Tatsache, dass Reisebüros auch Buchungen für Urlaube von Arbeitern an paradiesische Orte durchführten, bemerkte Olga auf einem Kaminsims die palisandergerahmte Fotografie eines im Einsturz befindlichen Turms. Sie wusste augenblicklich, dass es sich um den Campanile in Venedig handelte. Bei dieser Entdeckung wurde ihr der Kopf heiß, gleichzeitig öffnete sich ein

Abteil in ihrer Erinnerung, das ihr bisher verschlossen gewesen war. Dieses Abteil trug ein Datum: den 14. Juli 1902. An diesem Tag um neun Uhr sah sie sich am Markusplatz promenieren. Sie war ein Mann: der Papierindustrielle Laszlo Tözs aus Ödenburg, der in der Serenissima weilte, um als Gast bei den Feiern zum achtzigsten Geburtstag des einflussreichen Zeitungsverlegers Remonte Grüße der österreichisch-ungarischen Handelskammer zu überbringen. Am Himmel erweckte eine schwefelige Farbe Aufmerksamkeit. Es wirkte, als ginge am frühen Vormittag die Sonne unter. Tözs blähte die Wangen, was er immer tat, wenn er an etwas nicht Vertrautes geriet. Alles hier wirkte auf ihn so lasziv und auf Verführung angelegt. Jedes Gebäude und jeder Anblick schienen eine Aufforderung zum Staunen zu sein. Aber Tözs staunte nicht gerne. Er wollte stets wissen, woran er war, wie in seinen Fabriken, die für ihn keine Geheimnisse oder Überraschungen bargen und wo sein Wille das Gesetz bedeutete. Venedig schien schrecklicherweise dem Willkürlichsten zugehörig, das er kannte: dem Traumgeschehen. Er suchte nach einem Wort, das seinen Empfindungen in Bezug auf diese Stadt entsprach, und entschied sich für: Flirren. Es flirrte in ihm und um ihn. Dieses Getümmel von Matrosen und Offizieren, von Herrschaft und Bettelvolk, von Fahnen und Mosaiken, von Möwenflug und Taubengegurre. Die babylonische Sprachenvielfalt der zahllosen aufgeregten Fremden, die heiseren Rufe der Gondolieri, das Schlagen der Ruder im Wasser, die schmachtenden Musiken der Kaffeehausorchester, dies alles machte ihn trunken, und sein Glaubensbekenntnis gehörte doch ganz der Nüchternheit. Tözs war wütend auf dieses groteske und monumentale Glasperlenspiel und fürchtete, darin verloren zu gehen. Jetzt drehte er sich von der Riva Schiavoni hilfesuchend in Richtung des Markusdomes, und als er die darauf postierten Rösserskulpturen sah, wurde er ganz erfüllt von dem Wunsch, seinen Kopf an die Flanke seines Lieblingsreitpferdes zu lehnen, als ob dieser Vorgang augenblicklich wieder Ordnung und Übersichtlichkeit hergestellt hätte. Als Nächstes blickte er auf die Taschenuhr und bemerkte, dass es bereits 9 Uhr 52 war. Da entstand sehr nahe ein rasant anschwellendes Prasseln. Gleichzeitig verwandelte sich alles in Tözs' Umgebung in einen Schrei, und auch er schrie. Vor seinen Augen fiel der gewaltige Campanile wie ein Kartenhaus in sich zusammen. Die Trümmer durchschlugen einige Arkaden. Wolken aus Staub und kleineren Schuttteilchen entstanden im Gefolge der Druckwelle, die Tözs umriss und gegen einen Limonadenkiosk schleuderte.

Olga wurde bei dieser Erinnerung vor dem Marmorkamin ihrer Tante ohnmächtig. Als sie kurz darauf unter Einwirkung von Salmiak wieder in die Welt trat, umklammerte ihre linke Hand noch immer die gerahmte Fotografie, deren Herkunft, wie sich herausstellte, niemand in der Verwandtschaft erklären konnte. Die Tante wusste nur, dass die Kuriosität schon zu Zeiten ihres Großvaters auf dessen Schreibtisch gestanden hatte.

(1999)

DIE KLEINE FRAU

»Dort geht die kleine Frau. Schau hin. Aus der Ferne könnte man sie für ein Lumpenbündel, das zum Leben erweckt wurde, halten. Für Lumpen wäre das tatsächlich ein Leben, aber für unsereins ist es das kaum.« Abdul hebt eine Hand und lässt sie wieder fallen. Als wäge er ein Stück Luft, das bleiern ist. »Dreißig Jahre kenne ich sie. Seit ich hierher gezogen bin. Dreißig Jahre sieht sie gleich aus. Nie hab ich sie ruhen gesehen. Zwischen den sieben Eingängen des Souks pendelt sie. Wo die Schattendächer aus Schilf hoch über den Ladenstraßen enden, dreht sie sich zitternd auf den Fersen um und schlendert zurück in das dunkle Winkelwerk. Als wäre da draußen eine verbotene Stadt, die jedwedes tötet, das nicht hingehört.«

»Ist sie eine Bettlerin?«, frage ich.

»Sie bettelt nicht. Weder mit Worten noch mit Gesten. Sie sammelt keinen Abfall. Sie leistet keine Dienste.«

»Hat sie Gönner?«

»Nein. Die Wohltäter halten sich von ihr fern. Früher dachte ich, sie besitzt etwas Kapital oder ihre Familie versorgt sie mit dem Nötigsten, aber es steht fest, dass sie ohne Anhang ist und nicht verwitwet oder durch irgend andere Umstände im Geringsten versorgt. Sie hat nichts und niemand, und Hilfe kann ihr nicht zuteil werden, denn der Helfende würde die Legende zerstören.«

»Welche Legende?«, frage ich.

»Dass sie mit den Gerüchen des Souks ihr Auskommen findet. So stillt sie Hunger und Durst, so bannt sie Schlaf und Krankheit, Alter und Tod. Man erzählt sich, unter den Lumpen wüchsen ihr überall am Leib Nasen. Und dass sie damit Erdbeben im Voraus riechen kann und die Launen des Wetters, aber auch die Nutzlosigkeit dieser Eigenschaften für andere, erzählt man sich, da die kleine Frau niemals spricht oder sich in irgendeiner Form an andere wendet.«

»Kennt man ihren Namen?«

»Sie heißt seit jeher kleine Frau. Sie kam mit dem Entstehen des Souks, und sie wird gehen, wenn es Allah beliebt, den Souk abzuschaffen.«

»Der Souk ist Jahrhunderte alt«, sage ich.

»Die kleine Frau auch. So alt wie der erste Rauch der ersten Feuer in den Gewölben der Schmiede hinter den Verschlägen der Bernstein-Händler.«

»Glaubst du so etwas?«, frage ich Abdul.

»Wer bin ich, dass ich weiß, was die Absichten des Allerhöchsten sind? In der Medina lebte ein Reicher, der sein Vermögen einem Pfau vererbte. Und der Vogel stolzierte fortan durch die Gemächer des Hauses und schlug sein Rad vor den Spiegeln des Tanzsaales, den früher Abend für Abend die Musiken und stampfenden Schritte der Gnawa durchdrungen hatten. Wenn es im Plan des Allmächtigen war, dass jenes Palais des Reichen einem Pfau gehöre, warum sollte die kleine Frau nicht älter sein als das Königreich Marokko oder der tausendjährige Maulbeerbaum von Safi.«

(1997)

HÄNDE

Hände. Die schönsten, an die ich mich erinnere, hatte mein Freund Matteo. Der war Kunsttischler und Schnitzer in Venedig. Für Johannes XXIII. hatte er zwei Bischofsstäbe geliefert, als der noch Patriarch der Serenissima war. Auch viele der Holzarabesken auf den Prachtgondeln, die den Geleitschutz der Regata storica bilden, stammen von ihm. Matteo war eine Erscheinung im Stil von El Greco. Die Hände salbte er mehrere Male täglich mit Olivenöl. Dazu flüsterte er Segenswünsche für das Gelingen seiner Arbeit. Einmal hörte ich ihn sagen: »Möge alles, was ich tue, den Wäldern und den Frauen zur Ehre gereichen.«

Hände. Jene der Jesuiten im Kollegium Kalksburg konnten vor allem uns Zöglinge prügeln. Den Präfekten Mikloshazy sehe ich vor mir. Seine Rechte stürzt ohne Vorwarnung in mein Gesicht. Dann lässt er sie für einige Sekunden dort liegen. Immer schlug er und ließ die Hand am Geschlagenen ein wenig ausruhen. Seine Finger rochen nach nassen Zeitungen, und seine Nägel waren brüchig. Wenn mich mein Vater schlug, in den Ferien oder bei seinen seltenen Besuchen im Internat, bemerkte ich, dass seine Haut parfümiert war. Das schien mir damals noch widerlicher als die Ungewaschenheit des Präfekten. Im Traum begegne ich mir gelegentlich als eleganter Shiva mit mehreren Armen. Die nütze ich dann stets, um Vater von allen Seiten zu ohrfeigen.

In kurzer Zeit entsteht daraus ein rhythmisches Klatschen nach Art der Flamenco-Tänzer. Manchmal verwandelt sich Vater dann in eine Trommel, und dieses Instrument und ich singen und klingen, dass ich noch Stunden nach dem Erwachen mit inniger Zufriedenheit erfüllt bin.

Hände. Prasanna Rao hieß der bedeutendste Schattenspieler Indiens. Ehe er an schwerer Arthritis erkrankte, trat er in Bombay, Delhi oder Kalkutta in Stadien vor Tausenden Zusehern auf, die ihn als Heiligen verehrten. Mit dem Schein einer Lampe und zehn Fingern schuf er Soldaten und Vulkane, Kutschen und Krokodile, Gottheiten der Wut und der Liebe. Seine Hände waren Zaubergefäße, denen er je nach Laune das Komische und das Erschreckende entnahm, das Erhabene und das Lächerliche. 1993 trat er am Broadway in meiner Show ›Wonderhouse‹ auf. Am Tag vor der Premiere spazierten wir durch den Central Park. Unter einer Rotbuche lag eine schlafende Frau, die mit einem Bikini bekleidet war. Auf ihrem Brustkorb bildete die durch Zweige sickernde Sonne einen asymmetrischen hellen Fleck. »Welch schöne Bühne«, sagte Rao. Dann hielt er die Hände in die Lichtstrahlen und veranstaltete aus etwa drei Meter Entfernung auf der Nichtsahnenden ein Rennen winziger Kamele. Als Nächstes ließ er das Profil Pandit Nehrus auf ihr entstehen, und zuletzt baute er den Schattenriss des Taj Mahal genau in ihre Magengrube, denn die Sonne war inzwischen ein wenig gewandert. »Dies ist eine Privatvorstellung für die Engel von Manhattan«, bemerkte er zufrieden, »sie krallen sich in den Lüften fest und sind bestimmt dankbar für jede Abwechslung.«

Hände. In dem Wiener Gymnasium, dessen Schüler ich nach dem Hinauswurf bei den Jesuiten wurde, gab es den einarmigen Deutschprofessor Stremner. Er war Kriegsinvalide und bestand aus nichts als Güte. In Gedanken habe ich häufig seine fehlende Hand angestarrt, ihren Fingern Ringe angesteckt oder ihnen mit Gebetsriemen das Blut abgeschnürt, bis alle Farbe aus ihnen wich. Auch Glutbrocken konnte ich auf ihre Lebenslinien legen und mit Tusche die Namen von Schlagersängern hineinschreiben. Einmal, in der fünften Klasse, fragte mich der Herr Professor: »Warum schaust du so abwesend?« Ich antwortete: »Ihre fehlende Hand und ich spielen gerade Mikado. Noch zwei Stäbchen und Sie haben gewonnen. Es ist allerdings unfair. Ihre Hand zittert so viel weniger als meine.« Er sagte nur: »Geduld. Wenn du halbwegs fleißig bist, kannst du die Schule in drei Jahren verlassen.«

(1997)

ÜBER CLOWNS

I

Das alles beherrschende Gefühl, auf das ich in meiner Erinnerung stoße, wenn ich mir die Kindheit vergegenwärtige, ist jenes einer völligen Fremdheit, als ob ein machtvolles Wesen mich aus der Geborgenheit einer anderen Sphäre herausgerissen und in die herbbittere Wirklichkeit meiner so genannten Familie, der Gebäude und Landschaften Wiens und der Melodie der deutschen Sprache geworfen hätte. Ich bin, empfand ich damals, zutiefst nicht der, für den ich gehalten werde. Nicht dieser Bub mit dem merkwürdigen Namen Francis Charles André Heller-Huart. Ich bin auch nicht vier oder fünf oder sechs Jahre, und meine hohe, zarte Stimme und die Worte, die sie formt, erzählen gänzlich anderes als das, was ich in meinem Inneren höre. Die Verwandtschaft, die Dienstboten, die anderen Kinder, die Verkäuferin im Milchgeschäft, der Fleischhauer, der Kaplan, die Kindergärtnerin, der Straßenbahnschaffner, sie alle sind, wenn ich ihnen begegne, Bausteine dieser pochenden Heimatlosigkeit. Immerzu warte ich auf jemanden, der mich abholen und zurückbringen wird. Wohin zurückbringen? In meinen gesegneten Ursprung.

Dann, eines Sonntagnachmittags 1952 oder -53, sagt das Kindermädchen: »Wir gehen in den Zirkus Rebernigg.«

Auf der äußeren Mariahilfer Straße nahe dem Technischen Museum hat man ein vom großen Krieg noch verbliebenes Bombengrundstück provisorisch geräumt, und zwischen einschüchternd grauen oder mit grüner Tarnfarbe bestrichenen Vorstadtzinshäusern ragt ein großes, blau-weiß gestreiftes Zelt auf, behangen mit Glühbirnengirlanden. Aus dem Inneren strömt scheppernde Orchestermusik. Als ich die Arena mit den Holzbanken und Logen betrete, riecht es nach Pferden. Dann tragen zwei Liliputaner einen Königspudel in die Manege und setzen ihm einen Steirerhut auf. Eine Ballerina tanzt auf dem Schlappseil Polka, ein hinkender Zauberkünstler verwandelt Taschentücher in Tauben, und ein Indianerhäuptling wirft mit verbundenen Augen Messer auf eine Dame in Admiralsuniform, die an einer großen roten Holzscheibe lehnt. Die Messer verfehlen ihren Körper nur um einen oder zwei Zentimeter. Ich finde die Darbietungen allesamt trostlos. Dann stolpern zwei groteske Wesen in das mit Sägespänen gefüllte Rund, ganz gegen die Regeln des bei uns zu Hause geltenden guten Geschmacks und guten Benehmens gekleidet und agierend. Sie scheinen die Unmöglichkeit von neugeborenen Erwachsenen zu sein, die von Augenblick zu Augenblick, immer maßlos erstaunt, die Welt entdecken und sie ungläubig für eine Verrücktheit und Zumutung halten: die Herren Clowns. Sie probieren Leben. Was kann man mit seinen Beinen, seinen Händen, seinen Augen alles anstellen? Wie laut oder leise kann man modulieren, wie wirkt die Schwerkraft und ist es möglich, sie zu überlisten? Wie nachhaltig kann man sich selbst und andere erschrecken? Wie betörend lächerlich kann das Lachhafte sein? Ich dachte: »Das sind Abgesandte von genau dem Ort, nach dem ich Heimweh habe.« Ein dritter Mann tritt auf, weiß geschminkt mit roten Flecken an den Ohren. Er trägt ein goldenes, breitschultriges Schneiderkunstwerk mit Halskrause, das paillettenübersät ist. Saxofon, Geige, Gitarre, Trompete, Knopfharmonika beherrscht er virtuos, und als Höhepunkt entlockt er einer Baumsäge mit dem Geigenbogen das »Ave Maria« von Franz Schubert. Ich begreife: Die zwei Ersten wissen noch kaum etwas vom irdischen Dasein, der Dritte aber weiß wahrscheinlich alles darüber. Also springe ich, zum noch Jahre später nicht verrauchten Entsetzen des Kindermädchens, aus der Loge in die Manege und frage den Alleswisser: »Kannst du mir bitte den Weg ins Dort, wo es nicht Hier ist, zeigen? Den Ort, wo meine wirkliche Familie lebt?« Er schaut das blasse, magere Kind im Sonntagsanzug einige Sekunden ernst an und antwortet: »Kein Problem. Ich werde dem geneigten Publikum noch auf der Querflöte das Lied vom Glühwürmchen zu Gehör bringen und dann fliegen wir vier, meine Freunde Grippo und Bohumil, du und ich, auf den Mond und schmausen ein siebzehn Meter langes Salamibrot.« Das Nächste, was ich bemerke, sind die groben Hände des Kindermädchens, die mich wie ein entlaufenes Tier einfangen und aus der Manege und aus dem Zelt zerren, während ich panisch schreie: »Hilfe, ihr Clowns, rettet mich!« Den Heimweg legen wir zu Fuß zurück, und heute noch höre ich die Stimme meiner Aufpasserin, die Dutzende Male wiederholt: »Du Rotzbua, so eine Schand! Marantjosef! So eine Schand!«

Zu Hause erhielt ich Zimmerarrest und am folgenden Tag

legte mir Vater in seiner kleinen adretten Schrift eine Nachricht auf den Frühstücksteller: »Du kannst dich darauf verlassen, dass ich dir all deine Flausen austreiben werde.« Es ist ihm nachhaltig nicht gelungen, und noch heute glaube ich, dass mir viel an Melancholien und Stimmungswirrwarr erspart geblieben wäre, wenn ich mich damals mit Grippo, Bohumil und dem Alleswisser auf den Mond begeben und die Erde aus der Vogelperspektive betrachtet hätte.

2

Im Herbst 1970 unternahm ich mit meiner damaligen Ehefrau, der Schauspielerin Erika Pluhar, eine unchristliche Wallfahrt zu Henry Miller nach Pacific Palisades. In seinem Haus Ocampo Street 444 unter dem kalifornischen Kobaltblau-Himmel verbrachten wir mit dem an einen sehr geschmeidigen alten Chinesen erinnernden Meister zwei liebevolle Nachmittage. Wir lieferten uns Tischtennisduelle, sangen Lieder von Charles Trenet und diskutierten unter anderem über die sogenannte Lustige Figur am Theater. Miller sagte, dass es ein Buch von Wallace Fowlie mit dem Titel »Clowns and Angels« gebe und dass diese beiden einem Archetypus entstammten. Dann las er uns den Epilog seiner wunderbaren Dichtung »Das Lächeln am Fuße der Leiter« vor. Darin heißt es:

»Der Zirkus öffnet eine winzige Lücke in der Arena der Vergessenheit. Für eine kurze Spanne dürfen wir uns verlieren, uns auflösen in Wunder und Seligkeit, vom Geheimnis verwandelt. Wir tauchen wieder empor zur Verwirrung, betrübt und entsetzt vom Alltagsanblick der Welt. Aber diese alltägliche Welt, die wir allzu gut zu kennen meinen, es ist dieselbe, die einzige Welt, eine Welt voll Magie, voll unausschöpflichen Zaubers. Wie der Clown führen wir unsere Bewegungen aus, täuschen wir vor, bemühen wir uns, das große Ereignis hinauszuschieben. Wir sterben in den Wehen unserer Geburt. Wir sind niemals gewesen, wir sind auch jetzt nicht. Wir sind immerzu im Werden, immerzu einsam und losgelöst. Für immer außen.«

(2002)

GEDÄCHTNISPASSAGIERE 5

Im Bretterzaun, der den Turnplatz des Mädchengymnasiums umgrenzt, habe ich eine breite Kerbe wiedergefunden, die der Binder Karli und ich 1953 hinterließen. Sie war als Zeichen unserer Freundschaft gedacht. Der Karli hatte eine Meckifrisur und konnte einen Plastikball einundfünfzigmal mit dem Knie in die Luft stoßen, ohne dass er den Boden berührte. Wir waren beide »Späher« und grüßten uns mit »ufaugena«, was auf deutsch »Augen auf« heißt und einer Geheimsprache entstammt. Späher hatten vor allem die Aufgabe, sämtliche verdächtige Autonummern zu notieren, und besaßen das Recht, im Hügelpark Zehngroschenstücke zu vergraben (später würden an den betreffenden Stellen Salamibäume wachsen).

Ich führte überdies eine allerdings unbeantwortet gebliebene Korrespondenz mit dem Dschungelhelden Akim, gegen den Tarzan ein lahmer böhmischer Tierstimmenimitator war. Meine Schreiben adressierte ich an: »Akim, Beherrscher der Löwen im Negerland«. Die Familie Binder wohnte in einem Campingzelt am Himmelhof und wartete auf den Vater, der vor vielen Jahren in den Krieg gezogen wurde und der gar nicht Karlis Vater war, aber irgendwie doch. Es war alles sehr schwierig.

Wenn es regnete, machten wir in die Hosen, und niemand fiel es auf. Nur einmal der Stöffeler Hermine, und gerade die hab ich geliebt. Der Karli hat ihr zur Sicherheit eine heruntergehauen, und sie hat gebrüllt: »Ich hab eh nichts gesehen! Schon gar nicht, dass ihr euch angepischt habts! Ihr habts euch nicht angepischt, und dafür schlagst du mich!« Dann hat sie unsere Ehe für ungültig erklärt und wollte das Stück Zehennagel zurück, das sie mir zum sechsten Geburtstag geschenkt hatte. Ich hab dem Karli wütend ins Gesicht gespuckt, aber es hat nichts mehr genützt. Die Stöffeler ist zum Herrn Kaplan beichten gegangen, und der hat mir eine Woche Ministrierverbot angehängt, weil »unkeusche Gassenbuben am Tisch des Herrn nichts verloren haben«.

Da wollte ich mir zum ersten Mal das Leben nehmen und hab mich in Brennnesseln gewälzt, damit ich verbrenne, und Mehl gegessen, damit ich ersticke. Mein Kinderfräulein hat mir erklärt, dass die Stöffeler es nicht wert ist, und auf dem Klo hab ich ihr zuschauen dürfen, wie das Lulu bei einer erwachsenen Frau herauskommt, aber das war auch eine Enttäuschung, weil es gewöhnlich gelb war und nicht schwarz wie die Haare unter ihren Achseln. Wie ich das meiner Mutter erzählt hab, hat die das Kinderfräulein über Nacht gekündigt, und der Herr Kaplan hat mich am nächsten Morgen persönlich zum Rechtsinnenministrieren abgeholt. Rechts innen muss man klingeln, den Wein einschenken und das Messbuch herumtragen. Der Wein hat mich an das Lulu vom Kinderfräulein erinnert, und da hab ich zu heulen begonnen, und die Kerzlweiber in der Kirche waren alle gegen den Herrn Kaplan, weil er solche nervöse Kinder für höchste Aufgaben heranzieht. Da hat der Herr Kaplan erklärt, dass meine Mutter die Madonna in der Taufkapelle neu vergolden lasse und man dafür schon ab und zu so einen Deppen wie mich in Kauf nehmen müsse. Das hab ich meiner Mutter erzählt, und die wollte aus der Kirche austreten und evangelisch werden, weil's da keine Madonnen gibt.

Alles hat sich wieder beruhigt. Der Binder Karli ist bald darauf umgezogen. Er wollte Hufschmied werden, aber 1978 gibt es in ganz Wien nur noch sieben Haflinger-Pferde, und der einzige Hufschmied im Telefonbuch heißt Mikulitsch. Man darf sich eben nichts vornehmen.

(1969)

D WELT STEHT AUF KEIN FALL MEHR LANG

Plötzlich erblickte ich den Auktionator und Antiquar Koonitz. In der brütenden Julihitze vor dem Stadtheurigen Esterhazy-Keller saß er allein an einem Tisch für sechs Personen und trank Bier. Unsicher sah er mich an, schlug dann die Hände überm Kopf zusammen, was ihn sehr anzustrengen schien.

»Ich hätt Sie fast nicht erkannt«, rief er mir zu und fügte aufgrund meines Näherkommens mit schon leiserer Stimme hinzu: »Seit ich mich oft selbst im Spiegel nicht mehr erkenn, wird es mir auch immer komplizierter, andere richtig einzuordnen. Aber nur Gesichter und Namen entfallen mir, die Geschehnisse sind noch alle da. Wenn ich rasch aufstehen könnte, was mir bedauerlicherweise unmöglich ist – die Wahrheit lautet, wenn sich niemand findet, der mich hochzieht, bleibe ich hier Monate sitzen, bis ich innen und außen verschimmelt bin –, aber wenn ich aufstehen könnte, würden Sie bemerken, wie schief und verwordackelt ich mittlerweile bin. An meiner Erscheinung tobt sich die Gestaltungswut des Unattraktiven aus. Von den Frauen gibt es nichts mehr zu berichten. Eine Zeit lang übten sie noch Rachmones mir gegenüber. Sie verstehen? Rachmones – Erbarmen. Aber mittlerweile ist, was die Erotik betrifft, aller finstrer Tage Abend.

Das Schreckliche ist, dass es ein ›Früher‹ gibt. Die Erinnerungen sind eine Folter. Sechsundachtzig Jahre, davon klare Erinnerungen an zweiundachtzig – wer soll das aushalten? Ich würde viel dafür zahlen, Teile meines Gedächtnisses zu verlieren. Meine Ersparnisse sind vierhunderttausend. Zwei Drittel davon gebe ich Ihnen auf der Stelle, wenn Sie diese Samaritertat vollbringen können: die Gesichter der Mädchen und Frauen zu löschen, den Druck ihrer Handberührungen, ihren Geruch nach Parfüm und Schweiß, nach Sonnenöl und Küche.

Meine Geheiratete – Gott hab sie tanzend – ist mir eigentlich immer abgegangen, auch wenn ich sie betrogen hab. Wie peinlich man ist, dass man sich bei anderen Maßstäbe holt, nur damit man sich in seiner Vermutung bestätigt sieht, dass die eigene Frau mit Abstand die interessanteste und begehrenswerteste ist. Das sind weit verbreitete mentale Konstruktionsfehler des Mannes. Und wenn man das endlich begriffen hat und entschieden, die Falschspielerei, das Doppel- und Dreifachleben an den Nagel zu hängen, dann – zumindest in meinem Fall – stirbt die Frau, ehe sie begreifen konnte, dass man lediglich doch nicht die Enttäuschung ist, für die sie einen halten musste.

Es war wie bei den Menschen, die sagen: »Wenn ich in Pension gehe, dann verwöhn ich mich, gönn mir die Reisen zu den schönsten Orten und Landschaften«. Und acht Wochen nach Pensionsantritt trifft sie der Schlag oder ein Herzinfarkt rafft sie hinweg. Ein Dreivierteljahr nach der Pensionierung meiner Untreue ist die Christl im Wallersee ertrunken, obwohl sie Rettungsschwimmerin war und bei weit besserer Gesundheit als ich. Drei Tage war sie unauffindbar, und dann hat man ihren Körper in einem Wehr hängend entdeckt. Die Obduktion war nicht aufschlussreich. ›Irgendetwas hat sie hinuntergezogen‹, sagte der Pathologe. Aber sie hatte keinen Mantel an mit Taschen voller Steine wie Virginia Woolf. Vielleicht war das, was sie hinuntergezogen hat, ihr bloßer Wille, das schwere Gewicht einer wohlüberlegten Entscheidung. Es bleibt ein Rätsel, das mich verfolgt.

Ich hab hunderte Auktionen wertvoller Bücher durchgeführt, und immer gab es nach dem Hammerschlag ein Ergebnis – eines, das alle Erwartungen übertraf, oder eines, das zumindest gerecht war. Es gab auch weit unter Wert Resultate oder natürlich gar keine Interessenten, und dann noch den fast immer erbärmlichen Nachverkauf. Aber das Leben ist keine Auktion und kein Nachverkauf. Da gibt's oft nichts Handfestes, Eindeutiges. Bei der Christl war's, als ob ein illuminiertes Buch entschwinden würde, und es gibt keine Spur, wohin. Ich kenne eine Staatsanwältin, die sammelt unaufgeklärte Fälle. Sie nennt sie ›die Antwortlosen‹.

Sie werden vielleicht glauben, dass sie einfach das Leben satt hatte, sich seit langem vor unserer Beziehung grauste oder schwer krank war. Aber die Ausrede, dass ich die Wahrheit aus Borniertheit oder Wehleidigkeit nicht erkennen will, hat sie mir diabolischerweise genommen. Ich hab nämlich ihre Tagebücher, von denen ich nichts wusste, in einer versperrten Lade im Bügelzimmer gefunden, minutiöse Aufzeichnungen aus den letzten fünfzehn Jahren, schonungslos sich selbst und allen gegenüber. Und die Einträge geben Aufschluss darüber, dass ihr Leben eher fröhlicher stattfand, von meiner Wichtigkeit abgekoppelter und sinnlicher war, als ich in meinen kühnsten Spekulationen dachte. Sie war wirklich pumperlgsund, und meinen zweitbesten Freund, den Ministerialrat Ebner, hielt sie sich nach unserer Eheschließung als ihren offenbar ziemlich feurigen Amanten. Glauben Sie mir, ich hätte es nicht wissen wollen, und so detailreich schon gar nicht.

Den Ebner hab ich, um mich zu schonen, geschont und von meinen Entdeckungen nichts wissen lassen. Bei unserem letzten telefonischen Kontakt erzählte er: ›Du, ich hab eine ernste Operation vor mir. Und wie ich den Chirurg nach den Kosten frag, antwortet er, insgesamt wenig beruhigend: Mit dem Problem müssen sich wahrscheinlich schon Ihre Erben herumschlagen.‹ So war es auch. Das nächste – wenn man so sagen kann – Lebenszeichen vom Ebner war schon seine Parte. Ich hab sie auf die Rückseite eines schönen Fotos von der Christl geklebt.

Es wird wieder viel gestorben. Das fällt einem aber nur so auf, weil in Wahrheit relativ wenige sterben. Im Krieg gab's in jeder Familie und unter den Bekannten praktisch ständig Tote. Das erzeugte einen Gewöhnungseffekt. Meine Großmutter erhielt an ein und demselben Tag 1944 die Nachricht, dass zwei ihrer Söhne gefallen waren und ihr Bruder obendrein. Sie hat einen hysterischen Lachanfall bekommen, der mir unvergesslich ist, und dann ganz langsam gesagt: ›Jetzt kann mich nichts mehr erschüttern.‹

Mich hingegen hat sogar unlängst das Hinscheiden vom Knallkünstler Herka tief getroffen. Sie wissen schon, der in den sechziger Jahren seine Leinwände mit kleinen

Dynamitsprengungen bearbeitete. Immer hat er mich angeschnorrt um Geld für Kunstutensilien, von denen wohl die meistgebrauchten Weinbrand und Wodka waren. Der Herka war eine Pest, aber er fehlt mir. Sein ›Servaaas‹, wenn er mir begegnete, seine rechte Hand, die – seinen idiotischen Experimenten geschuldet – nur noch Daumen und Zeigefinger besaß. Und immer, aber wirklich immer, hat er nach der Verabschiedung ein paar Fortgehschritte gemacht und sich dann noch einmal umgedreht und den Refrain vom Kometenlied des Knieriem aus Nestroys ›Lumpacivagabundus‹ gesungen: ›D Welt steht auf kein Fall mehr lang, lang, lang, lang, lang, lang, d Welt steht auf kein Fall mehr lang.‹ Na ja, zumindest seine Welt ist ja jetzt tatsächlich untergegangen. Vierundsechzig war er. Noch ein Kind.

Fällt Ihnen eigentlich auf, dass mengenmäßig die langweiligen Menschen am längsten leben? Das trifft wohl auch auf meine Wenigkeit zu. Der Ebner war sicher spannender als ich, auf jeden Fall für die Christl.«

(2019)

Franz Schuh

WILLKOMMEN ÖSTERREICH

Über André Heller

Meine dramaturgischen Grundkenntnisse bezog ich aus dem Theater in der Josefstadt, und zwar von einer Aufführungsart, die in den sechziger Jahren gerade noch en vogue war. Ich entwickelte eine Überempfindlichkeit für die Grenze, an der ich »das Bürgerliche« noch für Kunst halten konnte, während nicht weit davon entfernt auf der nahen anderen Seite sich bereits bourgeoiser Kitsch mit pseudoaristokratischer Färbung abspielte.

Aber wirklich für mein Leben dramaturgisch geprägt hat mich in den fünfziger Jahren der Kasperl im Volksbildungshaus Urania, der auch im Gänsehäufel, dem Bad der Wiener an der Alten Donau, gastierte. Vor allem im Gänsehäufel, wo man die badenden Kinder zu Kasperl und Petzi in einem Zuschauerraum im Freien abladen konnte, wo sie all die dramatischen Verwicklungen und Befreiungen erlitten, die – einschließlich Krokodil – auch im sogenannten realen Leben nicht viel anders kommen.

Die kathartischen Möglichkeiten, Schaudern und Jammern, die laut Aristoteles die Tragödie bietet, wurden an Sommertagen voll und ganz ausgeschöpft, die Kinder äußerten sich ungehemmt zu den Bühnenereignissen, und da das Gute immer siegte, war das Kasperltheater auch ein

Beitrag zur moralischen Besserstellung seiner Zuschauer. Auch Claus Peymann hat schließlich nichts anderes (nicht) zustande gebracht.

Dass André Heller den Urania-Kasperl 2018 vor dem Ende gerettet hat, die Bühne, deren Unzeitgemäßheit in meinen Augen auf der Hand liegt, ist für mich ein zusätzlicher Grund, André Heller zum Lob auszuschreiben. Dabei bin ich nicht unbedingt für Retter: »denn alles, was entsteht, ist wert, dass es zugrunde geht.« Dieses mephistophelische Prinzip des Fortschritts wirkt sich auch segensreich aus, aber für mich eben nicht beim Urania-Kasperl. Gegen den rücksichtslosen Lauf der Geschichte stelle man die menschliche Willkür, die manchmal erhalten möchte, was für verloren gilt. Und etwas von diesem konservativen, bewahrenden Zug bestimmt Hellers Wirken. Sehr beeindruckend in diesem Sinn ist der Schlusssatz aus der Studie »Der unendliche Ton. Gedanken zu André Hellers ›Das Buch vom Süden‹« von Marie-Thérèse Kerschbaumer: »Ein sprachliches Kunstwerk ist das ›Buch vom Süden‹, ein Geschenk an die Leser, eine poetische Erinnerung an die Zypressen der Monarchie.«

Hellers Einfluss auf andere Menschen scheint verständlicherweise groß zu sein, nicht nur auf Erika Pluhar, die ihn eine der »spektakulärsten Männergestalten« nannte, ich weiß nicht, von Österreich oder von Wien? Der Schriftsteller Heller arbeitet mit mir in derselben Branche, ja, im selben Verlag, aber als Designer oder als Inszenator großer Spektakel, aber auch der kultivierten Naturschönheit, als Gartenkünstler und als Sänger hat er Wege beschritten, von denen ich nicht einmal zu träumen wage. Ein Traum allerdings war, wie André Heller einen berühmten Fernsehkritiker samt Kamerateam in seinem marokkanischen Haus und Garten zu Gast hatte. Der gute Deutsche, ein gewiss kluger Mann, paradierte im weißen Kolonialanzug, mit weißem Hut auf dem Kopf, vor der Kamera und sprach über Hellers Roman »Süden« zu Recht nur Gutes.

Dies ist eine der Hauptverantwortungen des Schriftstellers: Er ist im Interesse des eigenen Werks zur *message control* verpflichtet, er darf es nicht zulassen, dass jeder beliebige Mensch daran mitwirkt, ein Urteil über ein Werk im Publikum zu verankern. So wie jeder von einem bestimmten Alter an für sein Aussehen verantwortlich ist, ist die Schriftstellerin und der Schriftsteller für die Kritiker verantwortlich, die er ans Werk heranlässt. Es ist die Pflicht des Autors seinem Werk gegenüber, unter den Kritikern eine Auswahl zu treffen.

Ich unterstelle André Heller, dass er der Kritik gegenüber empfindlicher ist als die meisten – zum Glück, denn er hat vielleicht auf Grund dieser Empfindlichkeit die entscheidenden Kriterien für den Umgang mit der Kritik formuliert. Nicht für alle gilt, was für ihn doch gilt, dass einige Kritikerinnen und Kritiker kein Interesse daran haben können, dass jemand wie er, »der auf so vielen Hochzeiten erfolgreich ist und ›stattfindet‹, im Literaturbetrieb auch noch zu Ehren kommt«.

In einem Gespräch mit der Journalistin Andrea Schurian, das ich in Eigenverantwortung transkribiert habe, kommen allgemeine hygienische Regeln im Umgang mit der Kritik zur Sprache: »Man muss«, so Heller, »sich sagen: Erstens sind die anderen nicht verpflichtet, zu dem Zeitpunkt, wo ich etwas für notwendig erachte, es auch für ihr Leben als notwendig zu empfinden. Das heißt: Wenn ich drei Jahre an einem Roman schreibe, und ein Kritiker kriegt ihn in die Hand, und er findet, es ist ein grauenhaftes Buch, so ist es im Prinzip sein Recht, weil wir auf unterschiedliche Töne gestimmt sind. Das ist ihm unsympathisch, und das schreibt er dann … Was anderes sind diese Vernichtungslüste, die manche in Bezug auf mich hatten, sehr früh und sehr spät und heute noch. Dann muss man sich sagen: Wenn einer bei mir an der Tür läutet, ich mach auf und er sagt: ›Heast Oida, schleecht. Kann ich bei dir bitte in den Salon reinkommen und mich ausspeiben?‹ Ich werde dann sagen: ›Gnädige Frau, gnädiger Herr, bleiben S' draußen!‹ Ich bin durchaus in der Lage, die Tür vor dem zu verschließen, was mich beschädigen will. So viel Disziplin muss man haben, ich lass das einfach nicht in mein Bewusstsein eintreten.«

Mein Urteil über André Heller, das nicht fern von Vernichtungslüsten war, hat sich eines Abends eingespielt und gefestigt, als er privat bei einer Geburtstagfeier ein Wienerlied unplugged sang: ohne jede Eitelkeit, hingegeben an den Klang, ganz aus Liebe – Liebe, wie im Alter eines seiner Hauptwörter lautet. Ich bin sehr skeptisch, was den Kunst- und Künstlerbetrieb betrifft, aber warum ich keineswegs von diesem Betrieb lasse, liegt an einem solchen Augenblick, wie ihn mir Heller damals verschafft hat. Ohne die Legende vom Künstler würde doch kein Mensch so singen wollen, geschweige denn können. Ich habe auch nicht überhört, dass Helmut Qualtinger und André Heller gemeinsam die Wiener Nationalhymne gesungen haben. Nein, sie haben sie »aus der Taufe gehoben«: »Bei mia sads alle im Oasch daham / Im Oasch dort is Eicha Adress / Bei mia sads alle im Oasch daham / Und i bin dem Oasch sein Abszess.« Und dann folgt die weit über Wien hinausgehende, heute globale Maxime: »Zerst kumm i, dann kumm i / Und wos dann kummt, kummt nie.«

Das reicht von der Weltweisheit der FPÖ bis hin zu der des »America first«-Präsidenten, und es ist rührend, wie die Propagandisten dieser simplen Gemeinheit daraus eine triumphierende moralische Plausibilität für alle Welt machen wollen: »Unsere eigenen Leute zuerst!« – Und die eigenen Leute fressen ihnen tatsächlich aus der Hand! Politisch gesehen, gehört André Heller – ebenso wie ich – zu einem linksliberalen Justemilieu, dem nicht wenige am Zeug flicken wollen. Mag sein, dass solche Milieus konformistische Praktiken haben, dass sie das eigene Gutsein zelebrieren. Aber in Österreich, das wissen die Gegner, leistet das linksliberale Lager noch am wirksamsten Widerstand gegen die Banalisierung uralter, ruinöser Ideen des autoritären Nationalradikalismus. Dabei ist Heller immer gut für eine Rede, die zum Beispiel den ORF dazu zwingt, die Formel einer Generaldistanzierung mitzusenden: Die Redner, heißt es dann, sprechen in ihrem eigenen Sinn, nicht aber in Übereinstimmung mit dem ORF. Da hat ihnen Heller bei einer Nestroy-Preisverleihung das Fürchten gelehrt …

Heller hält jedoch nicht nur Reden, er hat auch eine der großen Veranstaltungen gegen den sogenannten Rechtsruck mitorganisiert, als dieser noch nicht unaufhaltsam erschien: das Lichtermeer. Am 23. Jänner 1993, es ist ein Samstag, verwandeln die Österreicher die Wiener Innenstadt und den Heldenplatz in ein Meer aus Lichtern. 300 000 Menschen mit Fackeln und Kerzen demonstrieren gegen das von vielen als »Anti-Ausländer« bezeichnete Volksbegehren der FPÖ – »Österreich zuerst«. André Heller hielt die Schlussrede: »Die Veranstaltung an diesem Ort ist zu Ende, aber in unseren Herzen und unseren Köpfen muss sie weitergehen und wird sie weitergehen. Österreich hat unser Leuchten gesehen, und es ist bereits bewiesen, dass es ein Lichtermeer war.«

Aber für mich, der ich zur Praxisferne neige, ist Hellers eigentliche politische Leistung ein Film, den er zusammen mit Othmar Schmiderer gedreht hat: das Selbstgespräch der Traudl Junge vor der Kamera. Der Film heißt »Im toten Winkel«. Frau Junge arbeitete als junges Mädchen für Hitler als Sekretärin. Die Sekretärinnen nahmen mit dem Diktator Mahlzeiten ein. Hitler wollte wenigstens beim Essen »entspannen«, niemand sollte ihn dabei nach Stalingrad fragen.

Die Sekretärin Junge dachte, sie wäre »an der Quelle der Information« gewesen, sie war aber, wie sie selbst sagt, im »toten Winkel«, im blinden Fleck der Ereignisse. Hin und wieder, sehr selten, zum Beispiel in einer Frage nach dem Gewissen der Deutschen, hört man im Film Hellers Stimme. Diese Zurückhaltung ist eine Leistung, eine Kehrtwendung bei jemandem, der es in der virtuosen Selbstbespiegelung vor Publikum so weit gebracht hat wie Heller. Da er in dem Film so auffällig weg war, könnte man – sogar ohne Ranküne – sagen, dass er erst recht da war. Die Serie im österreichischen Fernsehen »Menschenkinder« (in meinen Ohren ist der Titel eine listige Paraphrase auf die gleichartige Radiosendung »Menschenbilder«) ist so etwas wie die Entdeckung der Objektivität des »anderen Menschen«, die jedem dazu dienen könnte, die Besessenheit von sich selbst wenigstens für die Augenblicke abzulegen, in denen ein anderer »in seiner Andersheit« in Erscheinung tritt.

Der Film über Traudl Junge war Hellers diesbezügliches Meisterstück. Der politische Kern des Films ist die grundsätzliche Inadäquatheit, die totale Inkompatibilität eines auf Alltag getrimmten Lebens, das sich in aller scheinbaren Unschuld mit historischen Verbrechen verknüpft, auf dessen Höhe nicht einmal die Verbrecher selbst in ihrer erbärmlichen (Un-)Menschlichkeit stehen. Eichmanns Banalität des Bösen ist die eine Seite, auf der anderen Seite ist es die gutmütige und gutwillige Unschuld einer jungen Frau, die ihren Lebensunterhalt verdienen muss. Der Film zeigt die Reue von Hitlers Sekretärin. Er zeigt aber auch ihre noch im Rückblick bestehende Unmöglichkeit, sich vorzustellen, dass sie hätte anders handeln können. Reuevoll und persönlich ohne Alternative – das ist das Bild, mit dem Hellers und Schmiderers Film meine Geschichtsskepsis mitgeprägt hat.

Ich habe – im privaten Rahmen – kennengelernt, was für ein grandioser Geschichtenerzähler Heller ist. Außer Robert Menasse kenne ich niemanden, der ihm annähernd gleichkäme. Ich nenne das, worüber beide verfügen, »inspirierte

Mündlichkeit«, und ich behaupte, dass diese Art der Inspiration eine Voraussetzung für das Erzählen im Schriftlichen ist. Auf diesem Gebiet bin ich Dogmatiker: Ich glaube sogar, es ist eine unabdingbare Voraussetzung, obwohl es zugegeben auch den muffigen Dichter, die muffige Dichterin gibt, die kein Wort herausbringen, was sie dann durch den virtuosen Überschwang im Schriftlichen kompensieren. Aber es ist schön zu merken, wenn ein Mensch über eine ansteckende Begeisterung verfügt, die sich im geselligen Kreis mitteilt.

Hellers Vater war französischer Staatsbürger, was dem Sohn die Anekdote einbrachte, eines Tages den Militärdienst in einer französischen Kaserne ableisten zu müssen. Die Grande Nation wurde ihren großen Sohn schnell los, auch weil er kein Französisch sprach und für die Fremdenlegion wohl nicht eindrucksvoll genug aussah.

Einen guten Erzähler zeichnet aus, dass kaum jemand Lust hat, seine Geschichten zu befragen, ob sie »wahr« sind. Ein Historiker ist auf die Wahrheit angewiesen, ein Erzähler hat die Chance, durch seine Phantasie Gleichnisse anzubieten, die auf ihre Art stimmen (und die keine *fake news* sind): Heller Franz aus Wien, der eine französische Musterung durchlaufen soll, ist ein intensives Beispiel für die Nachkriegswirren. Meines Erachtens ist es auch eine ironische Paraphrase auf so etwas Wünschenswertes und doch Unmögliches wie die »europäische Einigung«.

Da kann man nur mit der sehr wienerischen Neigung Hellers zum Paradox sagen: »Zum Weinen schön, zum Lachen bitter.« Das wienerische Paradox, vom Dialekt angeleitet, treibt das Spiel der Dialektik, aber nicht bis zur Versöhnung der Gegensätze. Dieses Spiel kostet die Gegensätzlichkeit aus und hat, siehe Nestroy, bei allem Kulinarischen etwas Unversöhnliches. Ist außerdem ein Walzer von Strauß nicht (bloß) die Melancholie in Verkleidung? Und überhaupt Musik: »Selbst die Kunst der Fuge eines Johann Sebastian Bach«, schreibt Heller in seiner Geschichte »Was wann?«, »oder die Heiterkeit mancher mozartschen Tonfolgen dient dem Trostlosen bestenfalls als eine Art musikalischer Dornenkrone.«

In vielen Gesprächen hat Heller – anscheinend mit Schaudern vor sich selbst – seinen polemischen Zeiten von früher ade gesagt. Seine alte Streitbarkeit sei ihm auf die Dauer nicht gut bekommen und auf dem Weg, mit sich selbst Freundschaft zu schließen, sei sie verloren gegangen. Seine Erzählungen aber haben zu meiner Freude genug polemische Energie, um beim Leser Widerspruch hervorzurufen. Ich habe Heller nie verziehen, dass er einst eine Wiener Kulturkritikerin, die ihn chronisch nicht mochte, die aber in ihrer stacheligen Urteilskraft für Wien wichtig war, über ihre Körperlichkeit angriff. Es ist eine Regel der Polemik, dass man den Geist des Gegners angreift, dem dieser Angriff körperlich wehtut. Aber umgekehrt, dass man den Körper angreift und der Gegner muss es geistig verkraften, das ist gegen die Regel.

Tempi passati. Aber die Wiener sollten ihre Gegensätze nicht allzu schnell sein lassen. Hellers Text, wahrhaftig ein Narrativ, »Die Ernte der Schlaflosigkeit in Wien« enthält einen Versuch, den Wiener zu fixieren, und der Autor gibt dabei ein einprägsames Beispiel für die besagte Dialektik: »Die Hiesigen erledigen nichts en passant, das meiste erledigt wohl sie en passant. Der typische Wiener liest keinen Essay, weiß daher nicht, dass es gar keinen typischen Wiener gibt, und benimmt sich folgerichtig wie ein typischer Wiener.«

Ich geb's ja zu, ich glaube immer noch nicht, dass es den typischen Wiener gibt, aber es ist typisch für ihn, dass er darauf besteht. Im übertragenen Sinn habe ich oft eine in die Goschen gekriegt, weil ich die Ansicht zu verbreiten versuche, dass der sogenannte Fortschritt gewaltförmig die überkommenen Eigenarten ausmerzt. Dass Eigenschaftslosigkeit eine Utopie ist, ist durch Robert Musil eine österreichische Idee. Der Mensch ist doch »das nicht feststellbare Tier«, Eigenschaften machen ihn einerseits von außen fixierbar, und anderseits legt er sich selbst durch seine Eigenschaften einseitig fest. Die Idee der Eigenschaftslosigkeit verwirklicht sich derzeit, allerdings anders, als sie gemeint war: Bald sieht ganz Europa wie die Fußgängerzone von Hannover aus, und die Fußgänger passen nahtlos in diese Aussicht hinein. Gegen diesen Kulturpessimismus hilft das Wienerische, auch wenn man es verdammen muss und feststellt, in Wien herrsche, wie Heller dialektisch sagt, »wehleidige Selbstzufriedenheit«.

Die Formulierung zeigt eine andere Seite des paradoxen Denkens. Es hält fest, dass der, der in der Paradoxie drinsteckt, ihr nicht auskommt. Die Selbstzufriedenheit ließe sich überwinden, aber da sie an Wehleidigkeit gebunden ist, die ja ängstlich und unzufrieden macht, rotiert man bloß im Repertoire. In diesem Sinn mag man ruhig einen bestimmten Wiener Typus zum typischen Wiener ernennen. Ein Zentrum seiner Sesshaftigkeit ist ein Café, in einer von Hellers Erzählungen ist es »das Café Hawelka«: »Ich war offenbar an einem Ort der selbstverständlichen Täuschungen. Später hatte ich oft das Gefühl, dass diese ersten Minuten meiner Bekanntschaft mit dem Buchtelolymp bereits alle wesentlichen Zutaten künftiger hawelkanischer Nächte enthielten: das Geschichtenerzählen, den Selbstbetrug, die Erinnerungssüchtigkeit, das Kritisieren, das Sich-Stilisieren.«

Hätte ich dies alles erkennen können, es wäre mir im Hawelka nie so langweilig gewesen. Von Georg Danzer wusste ich allerdings, dass man das Hawelka als Rettung aus den eintönigen Sümpfen der Vorstadt betrachten konnte. Danzers Urteil über das Hawelka in der Dorotheergasse fiel weit weniger dialektisch aus als das Hellers. Heller schreibt in der Geschichte »Ein Ort der selbstverständlichen Täuschungen«: »Die Dorotheergasse 6 beherbergt ebenerdig hauptsächlich Leute, die nicht gehalten haben, was sie sich von sich selbst versprachen. Eine Vereinigung der Gescheiterten ist es, die sich mit mehr oder weniger großem Aufwand ihr eigenes Scheitern zu verheimlichen sucht und Trost im Scheitern des anderen findet.«

Zugegeben, das ist ein Diskurs, in dem ich auch zuhause bin. Aber ich bin seinerzeit nicht im Hawelka, sondern im Café Sport gesessen, wo die Gäste weder sich noch einander irgendetwas versprachen. Wir waren eine Vereinigung von Gescheiterten, die – keineswegs um der Wahrheit willen –

niemanden darüber täuschten. Solche Täuschungsversuche wären zu anstrengend gewesen, und unsere Gewissheit war, dass uns eh kein Mensch geglaubt hätte, also mussten wir es gar nicht versuchen. Der Trost, den Samuel Beckett spendet, dass man sowieso scheitert und höchstens besser scheitern kann, war uns damals noch unbekannt. Durch meine Jugend schallt aus dem Café Sport der fordernde Jubelruf des Dichters Hermann Schürer: »Ein Pierrr, Paula!«

Das ist natürlich auch nur eine Legende, aber der Versuch, eine Legende gegen die andere auszuspielen, macht mir Freude. München leuchtet, dafür schillert Wien in vielen Farben (mit einem Grundton von Grau-in-Grau), und dennoch trifft Heller einen Mainstream: Wien ist eine Hauptstadt des Ressentiments, in der man den Trost für das eigene Scheitern gerne aus dem Scheitern der anderen bezieht. Für bestimmte Kreise einer spätzeitlichen Boheme, die zwar einflusslos ist, aber doch Stimmung macht, gilt, dass ihnen das Projekt weitaus näher steht als die Mühen der Realisierung – was sie dazu bringt, alle zu entmutigen, die tatsächlich etwas tun. Dass man sich in der eigenen Selbstverhinderung in Sicherheit bringt, während man als Täter in aller Öffentlichkeit den Auftritt riskiert, flankiert von den Entmutigern (»der Einschüchterungsmafia«), das ist – in der Gegenwehr – für Heller ein wesentliches Motiv seiner Kreativität, und es ist ein antiwienerisches Motiv.

Was ich an Hellers Erzählband sehr schätze, ist das Heterogene. Es sind Texte, die ohne Klammer auskommen, auch wenn es immer wiederkehrende Themen gibt, zum Beispiel Berufe, die verschwunden sind, die aber alte, gerade noch erlebte und harte Zeiten charakterisieren und sie verlebendigen. Wie alle guten Erzählungen, haben es eben auch die Hellers mit dem Bewahren zu tun. Der Untergang soll nicht das letzte Wort haben. Es ist allein meiner Wiener Herkunft zu verdanken, dass ich das Wienerische so heraushebe, und ich kann es damit rechtfertigen, dass Heller in seinem Wirken den Wienern die Chance gibt, sich mit ihren seltsamen Alleinstellungsmerkmalen zu konfrontieren.

Aber ich bleibe bei meinem Egoismus und schreibe zum Schluss über drei Texte aus Hellers Band, die mich besonders berühren. »Dem Himmler sein Narr« ist eine Geschichte, die mir unangreifbar erscheint. Es ist dazu in erster Linie nichts zu sagen, die Geschichte verschlägt einem sofort die Rede, und dann möchte man unbedingt darüber sprechen.

Ich empfehle die Lektüre im Lichte einer Nachricht. Es ist die berühmte Nachricht von der Staatsanwaltschaft Graz, die sich wie ein Lauffeuer verbreiten sollte: Die Staatsanwaltschaft stellte ein Verfahren gegen eine rechtsextreme Zeitschrift ein, in der ein Artikel mit dem Titel »Mauthausen-Befreite als Massenmörder« erschienen war. Der Artikel bezeichnete die 1945 aus dem KZ Mauthausen befreiten Häftlinge als »Landplage« und »Kriminelle«, die »raubend und plündernd, mordend und schändend« das »unter der ›Befreiung‹ leidende Land« heimgesucht hätten. Es sei »nachvollziehbar«, begründete die Staatsanwaltschaft ihr Einverständnis, »dass die Freilassung mehrerer Tausend Menschen aus dem Konzentrationslager Mauthausen eine Belästigung für die betroffenen Gebiete Österreichs darstellte«.

»Dem Himmler sein Narr« handelt von Amerika, in New York. Die Staatsanwaltschaft Graz hätte es nachvollziehbar gefunden, wenn dieser Narr manchem als »Landplage« erschienen wäre: »Jetzt bemerkte ich einen unförmigen kleinen Mann, der über und über mit Plastiksäcken beladen war, aus denen bunte Stoffreste und um Holzspindeln gewickelte Drähte hervorquollen. Auf seinem Hinterkopf war eine Kippa befestigt, indem er sich Spagat um den Kopf gewunden und unter dem Kinn verknotet hatte. Der Anblick eines offenbar völlig verwahrlosten streunenden Juden war beinahe so ungewöhnlich wie das Gefühl des schwankenden Bodens einige Augenblicke zuvor.«

Die New Yorker in der Geschichte beachteten den schwankenden Boden (das Erdbeben?) nicht, und der Ich-Erzähler versuchte, es ihnen gleichzutun. Und dann war er mit Himmlers Narren konfrontiert – ich erzähle die Geschichte nicht, angemessen erzählt ist sie nur in Hellers Originalfassung. Aber »Dem Himmler sein Narr«, so viel sage ich, ist eine Parabel, interpretierbar ganz im Sinne von Canettis »Macht und Überleben«, ein Schreckensbild des zwanzigsten Jahrhunderts, das sich noch deutlich im einundzwanzigsten abzeichnet.

Die zweite Geschichte Hellers, die ich hervorhebe, ist auf den ersten Blick nicht politisch, sie betrifft die Privatsphäre. Die Geschichte ist in meiner Lesart kühl, und der auktoriale Erzähler spielt – durch Reflexion – seine Überlegenheit über die handelnden Personen aus. Die Geschichte heißt »Eisregen im Rotlichtdistrikt«, und es ist eine Geschichte, die – wenn auch nicht aus einer frommen Perspektive – das

Gewicht der Welt auf die Ehe legt. In der außerliterarischen Wirklichkeit heiratet ununterbrochen jemand, die Ehe erscheint als eine Konvention, die man mit mehr oder weniger Begeisterung auf sich nimmt. An die religiösen Überhöhungen der Ehe (die auch Problematisierungen sind, die also auch verkünden, dass Ehe nicht so einfach ist) glauben die wenigsten.

Die Ehe ist wie so vieles, das im Bann der Aufklärung steht, banal geworden. Der erste Satz von Hellers Eisregen-Geschichte hat eine klare Evidenz: »Auch wenn manche Ehe im Himmel geschlossen wird, so bleibt als unerbittliche Tatsache, dass man sie auf Erden leben muss.« Das heißt ja wohl, die Enttäuschung ist in der Veranstaltung selbst angelegt, und zwar als »Kluft zwischen Wunsch und Erfüllung«: »Wähnten sie sich doch ursprünglich allesamt auf großer Fahrt zu den hängenden Gärten der Semiramis, und eines schalen Augenblickes erwachen sie dann am Hauptplatz eines Provinznests, und obendrein nieselt es.«

Die Geschichte erzähle ich ebenfalls nicht nach, weil sie eine Wendung nimmt, die dem Leser und dem Autor allein gehört. Es ist eine klassisch dialektische Wendung, kein Schematismus, sondern eine prozesshafte Wahrheit, dass Positionen des Ausgangspunktes sich im Verlauf durch Negation in ihr erlösendes Gegenteil verkehren können. Die umständliche Erklärung verbirgt den lebenstüchtigen Witz, den Hellers Geschichte hat.

Perversion ist übrigens ein anderes Wort für Verkehrung, die in der Eisregen-Geschichte ihren Ausgangspunkt bei einem eiskalten narzisstischen Frauenhelden nimmt. Er heißt van Hoog, und er ist erst recht einer Dialektik unterworfen: »Ein Mensch wie van Hoog hat in der Hauptsache die Ambition, niemals der Betrogene zu sein, vielmehr stets jener, mit dem man betrügt. Wer meint, dass dies ohnehin der Wunsch von so gut wie jedem und jeder ist, hat keinen Begriff von den Mühen, die zur Verwirklichung dieser Haltung vonnöten sind. Im idealen Fall darf man sich nämlich innerlich niemals wirklich berühren lassen.«

Der ideale Fall ist aber eben nicht ideal. Denn der Verführer bleibt stets außerhalb der Erfüllung, deretwegen er die Verführung startet. Damit er drübersteht, bleibt er stets draußen – es ist eine Variante der Selbstverhinderung, die seit Kierkegaards »Tagebuch des Verführers« ins europäische Kulturgut aufgestiegen ist. Heller beschreibt die Balance, mit der man diese verführerische Konstellation noch am besten erträgt: »Van Hoog war im Grunde ein Meister der Distanz im Nahsein und des Nahseins in der Distanz.«

Wie mühevoll ist doch das Leben menschlicher Einzelwesen. Das ewige Balancieren kann einen kaputt machen. Man muss sich entscheiden, aber das eben ist das Problem. In der Geschichte »Die Frau in der Türe zum Park« beschreibt Heller virtuos das Problem: »Nichts strengt mehr an, als ohne Entscheidung zu leben. Man hat bald keine Mitte mehr und muss immer geschickter balancieren, um nicht zu stürzen. Aber woher soll das Eindeutige kommen?« Von Gott kommt es ja nicht: »Gott selber hat sich nie entscheiden können und alles in tausend Varianten geschaffen. Wenn man sich nur die Tiefseefische im ›Haus des Meeres‹ anschaut, weiß man schon ganz genau, was für einer Gott ist.« Keiner jedenfalls, der einer Frau oder einem Mann ein Fatum auferlegt, bei dem man ohne Entscheidungen zu einer »Identität« kommt. Die Suche danach kann zu einem Verwirrspiel werden, das sich allerdings im Rahmen hält: »Zuerst habe ich immer das Gefühl gehabt, meinen Mann mit dem anderen zu betrügen, und jetzt weiß ich manchmal schon, dass ich den anderen mit meinem Mann betrüge.«

Und das Leben ist noch einmal mühevoller, weil ausgerechnet die Anstrengungen, die Spaltungen, die Überforderungen, die Trennungen zugleich Spielräume eröffnen, die einem Freude machen und in denen man sogar anderen Freude machen kann. In Hellers »Performance«, in dem was er an öffentlichen Bildern von sich hervorrufen möchte, liegt ein Versuch, der meinem Gefühl nach in Kierkegaards »Tagebuch« beschrieben steht. Es ist die heikle Balance einer ästhetischen Existenz. »In einem Fall«, heißt es bei Kierkegaard über den Verführer, »genoss er das Ästhetische persönlich, im andern Fall seine Persönlichkeit ästhetisch.«

Das ist in einem entzauberten Zeitalter eine Sisyphos-Arbeit – in meinen Augen auch deshalb, weil die Persönlichkeit, auf die Karl Kraus noch schwor, durch mediale Techniken so leicht vorspielbar und daher auswechselbar ist. Alles muss man zu Geld machen können, auch den Eindruck von seiner einen Persönlichkeit, die andauernd als variiert und zugleich als dieselbe wiedererkannt werden soll. Unverwechselbar zu sein, ist in einer Welt, in der man am besten flexibel existiert, nur wenigen gegönnt. Auch die eigenen Ambivalenzen sind für eine Persönlichkeit, der per definitionem etwas Einheitliches, etwas Eindeutiges anhaften muss, nicht ohne Gefahr. Zweischneidigkeiten beflügeln jedoch auch die Produktivität. So saß André Heller in Österreichs bester Satiresendung, in »Willkommen Österreich«. Er erinnerte an einen Vorgänger in dieser Eigenschaft, an den herrlichen Helmut Berger, dem stets die Quadratur des Kreises gelingt, nämlich mit unerschütterlicher Würde seine Würde zu verlieren. Berger hatte in »Willkommen Österreich« gesagt, er würde beim Onanieren an André Heller denken und eine Dreiviertelstunde benötigen, bis er den Vorgang zu seiner Zufriedenheit abbrechen würde. Das war für Heller eine aufgelegte Pointe: Wenn der Berger im Gedenken an Heller beim Onanieren eine Dreiviertelstunde benötigt, dann ist das doch kein Kompliment!

Diese Witze der beiden Herren sind harter Hanswurst-Humor, und auch den hat Heller, wie man sagt, »drauf«, derselbe Heller, der Autor einer wunderbaren, von tragischem Humor erfüllten Geschichte ist: »Der Fall Moskovic.« Wir sind in Nizza. Der Ich-Erzähler kommt in die Bar des Hotels Negresco. Dort lebt »seit langem« eine riesige Katze. Sie gilt als Glückskatze. Wer sie berührt, bekommt, was er wünscht. Die Katze sitzt ungerührt da, »wunderbar zeitlos und im Einklang mit den harmonischen Gesetzen des Universums«.

Einen Einklang mit sich, aber gar keinen mit der Zeit, hat ein Paar, das den Ich-Erzähler erschreckt wie der Anblick eines Basilisken: Sie – zum Skelett abgemagert, er, »als wären Teile seines Körpers schon verstorben«. Der Erzähler hört ihren Dialog, denn sie führen ihn in der Lautstärke Schwerhöriger. Sie reden in Chiffren ihrer Jugend. Er: »Wie schön du bist.« Sie: »Sei still und sieh mich nur an.« Auch eine

Regieanweisung wird gesprochen: »Wie du duftest, Geliebte. Wir trinken Tee und kauen an Kandisstückchen.« Der Leser erfährt, dass die beiden seit fünfzehn Jahren drei Mal in der Woche in die Bar kommen und Dialoge aus ihren Anfängen sprechen. Das provoziert den Erzähler zu einem vorübergehenden Ausbruch: »In einer plötzlichen Aufwallung von Selbstmitleid dachte ich: ›Für die Katze ist immer jetzt, für die beiden Greise immer damals, aber wohin gehöre eigentlich ich?‹«

INHALT

Die Jahreszahlen am Ende der Prosastücke geben das Entstehungsdatum an. Ein Teil von ihnen erschien früher u. a. in den Bänden: *Die Ernte der Schlaflosigkeit in Wien* (Wien 1975), *Auf und davon* (Hamburg 1979), *Café Hawelka* (Wien 1982), *Schlamassel* (Frankfurt/Main 1993), *Als ich ein Hund war* (Berlin 2001).

André Heller

Uhren gibt es nicht mehr

Gespräche mit meiner Mutter in ihrem 102. Lebensjahr

112 Seiten, btb 71698

Worauf kommt es an im Leben?

102 Jahre alt ist Elisabeth Heller, und langsam, so sagt sie in den Gesprächen, die sie mit ihrem Sohn André in den vergangenen Monaten geführt hat, geht es ans Verabschieden. »Innerlich sieht man sich noch jung und freut sich auf den nächsten Tag«, sagt die alte Dame, die geboren wurde, als der Erste Weltkrieg ausbrach, und die mit gerade 19 den Süßwarenfabrikanten Stephan Heller heiratete. Ein anderes Mal wünscht sie sich, »dass das Körperwerkl in Gottesnamen auslaufen soll« und erzählt dann munter über einen Selbstmordversuch aus Liebe und über Lehár am Klavier in Bad Ischl. Ein kleines Buch von großer Weisheit, würdevoll, poetisch, komisch. Und das Dokument einer späten Liebe und großen Offenheit zwischen Mutter und Sohn.

»Ein Buch voller Liebe, Wärme und Erinnerungen.
Zum Weinen schön.«
Elke Heidenreich